T. L. J. Casa. Moonfly

T. L. J. Casa

Moonfly

Ein Roman

Impressum

Bibliografische Information der Deutschen Nationalbibliothek:
Die Deutsche Nationalbibliothek verzeichnet diese Publikation in der
Deutschen Nationalbibliografie; detaillierte bibliografische Daten sind
im Internet über http://dnb.dnb.de abrufbar.

© 2020 T. L. J. Casa

Lektorat und Korrektorat: Alexandra Hauser
Covergestaltung: T. L. J. Casa
http://instagram.com/moonfly.roman

Herstellung und Verlag: BoD – Books on Demand, Norderstedt

ISBN: 978-3-7519-0074-4

Über den Autor

T. L. J. Casa, Jahrgang 1971, lebt und arbeitet als selbstständiger
Kreativer in Süddeutschland. *Moonfly* ist sein erster Roman.

Widmung

Diese Geschichte ist Uwe Herzog – dem Duke – gewidmet, einer seltenen und schönen Seele, deren Anwesenheit diese Welt vierundvierzig Jahre bereicherte, bevor sie woanders mehr gebraucht wurde.

Und meinem Sohn, dem ich ein langes, erfülltes Leben wünsche.

Kapitel 1

„Was ist es, was Sie gerade sehen?"

„Meinen Vater", antworte ich.

„Sehen Sie ihn auch als Fliege?"

„Nein. Nie."

„Sie sehen ihn also wirklich? So wie Sie mich jetzt vor sich sehen?"

„Ja."

„Und was macht Ihr Vater gerade?"

„Er steht da drüben, ziemlich genau hinter Ihnen, am Skelett."

„Und was macht Ihr Vater da?"

„Er hilft dem Skelett dabei, sich einen runterzuholen."

Die Weißbekittelte notiert konzentriert eine Reihe von Worten in einen makellosen, randlos karierten DIN-A4-Block, der sicher auf ihren Knien aufliegt.

„Sie dürfen hier ruhig rauchen, wenn Ihnen danach ist."

„Sehr durchsichtig. Ich soll mich hier richtig wohlfühlen, meinen Sie doch."

„Können Sie mir etwas aus Ihrer frühen Kindheit erzählen?"

„Kann mich kaum daran erinnern", sage ich und zünde mir eine Zigarette an.

„Schule. Wie war diese Zeit für Sie?"

„Einsam."

„Fühlten Sie sich als Außenseiter?"

„Ja."

„Haben Sie dort auch Fliegen gesehen?"

„Weiß nicht. Vielleicht."

*Das Crescendo einer Kugelschreibermine auf wehrlosem Recycling-
papier füllt den sachlich eingerichteten Raum erneut.*

*„Erzählen Sie bitte, was Ihnen aus Ihrer Schulzeit gerade so durch
den Kopf geht."*

*„Ein Friedhof. Und Fliegen. Viele Fliegen. Die Jahwe-Fliege, die
unkontrolliert panisch immer wieder gegen ein buntes Bleiglasfens-
ter anfliegt. Dann mein Mondgrundstück, das Echtheitszertifikat
dafür, und diese goldene Bierwelle."*

„Interessant. Wirklich. Erzählen Sie bitte weiter."

*Die erkaltete Asche der Zigarettenspitze tippe ich in den durchschei-
nenden braunen Recyclingglasaschenbecher, der vor mir auf der
Kunstharzoberfläche des Schreibtischs steht. Exakt die Sorte
Büromöbel, die man im eher hinteren Teil unaufgefordert zugesand-
ter Bürobedarfskataloge als Sonderangebot findet.*

„Warum zögern Sie?"

*„Wissen Sie, Frau Doktor, früher bin ich voller Vorfreude zu einem
Konzert meiner Lieblingsband gefahren."*

*Sie nickt und schiebt die schwarzgerahmte Brille langsam in
Richtung Nasenspitze, während sie ihre stahlkühlen blauen Augen
fest auf mich gerichtet hält.*

*„Heute denke ich schon bei der Hinfahrt an den Stau, in dem ich auf
der Rückfahrt stehen werde."*

„Ich verstehe. Aber Sie haben mich um Hilfe gebeten."

Die Mitschüler sind so oberflächlich und kommerzorientiert wie das
Jahrzehnt, in dem sie leben. Wenn ich daran denke, wie ich nach

meinem Schulwechsel als der Neue auf dem Schulhof stand, ist das Erste, woran ich mich erinnere, hämisches Lachen. In meiner abgewetzten Kleidung gebe ich ungewollt eine eher komische Gestalt ab. Mein Atem stinkt hundert Meter gegen den Wind nach nährstoffarmen Lebensmitteln, billigen Fetten und künstlichen Aromen und mein schäbiges, markenloses Auftreten stinkt nach Armut. Da meine Schulnoten nach dem plötzlichen Tod meiner Mutter stark abgefallen waren, hatte es die Schulleitung für besser befunden, mich auf eine andere Schule zu schicken. Die neue Umgebung sei besser dazu geeignet, förderlich auf meine weitere schulische Entwicklung zu wirken. Mit anderen Worten, sie gaben mich auf und schoben mich ab. Nach dem Ableben meiner Mutter war ich ein Paria, von dem wenig Gutes zu erwarten war, auch die Elternschaft begrüßte den Beschluss, mich weiterzureichen. Wer möchte vernünftigerweise sein Kind mit einem Problemkind aus einem Unterschichtenhaushalt in regelmäßigem Kontakt wissen?

An mir klebt Verdammnis, wie Kot. Seit dem ersten Tag an der neuen Schule, an dem mich gleich zur Begrüßung die Faust eines Mitschülers am Kinn trifft und in meinem Unterkiefer knirschend ein Zahn abbricht, umkreisen sie mich hier deshalb wie die Schmeißfliegen. Meinen erbärmlichen Körper verberge ich vor ihnen in einer abgeschiedenen Ecke des lieblos asphaltierten Schulhofs. Obwohl sie von meiner elenden Ausdünstung unwiderstehlich angelockt werden, vermeiden sie es trotzdem, mir nahe zu kommen oder mit ihren Leckrüsseln Kontakt zu mir aufzunehmen. Für eine Totenfliege verspreche ich ein baldiges, köstliches Mahl abzugeben, aber noch lebe ich.

Auf dem Schulhof wimmelt es in der großen Pause von vielfältigsten Fliegenarten. Trendbewusste, in den Papageienfarben der frühen 80er Jahre bunt glänzende modische Schmeißfliegen bilden kleine Grüppchen, genauso wie metallisch braun glänzende Neonazischmeißfliegen, auch einfarbig matte Indifferenzfliegen, die über eine schnelle Anpassungsfähigkeit verfügen und mit allen anderen Fliegenarten auf dem Schulhof gut zurechtkommen, und meine Lieblingsart, die Langhaarfliegen, deren fanatische Leidenschaft für Rockmusik ich teile, kreisen auf diesem betonierten Bildungsfriedhof unter einem grauen, meist wolkenverhangenen Himmel. Wechselnde Lehrerfliegen sondern vorne am Altar ihren Unterrichtsstoff ab, so lange, bis die gleichmäßige Schläfrigkeit, die Sauerstoffarmut und dumpfe Wärme im Raum von dem dröhnenden Ausläuten aufgepeitscht werden, das sämtliche Schmeißfliegen in alle Winde entlässt. Tag um Tag wiederholt sich ein Ritual. Der Schwarm rottet sich gegen halb acht Uhr morgens auf Fahrrädern, Mofas, zu Fuß oder mit dem Bus ankommend, wie ich, auf dem Schulgelände zusammen. Schmeißfliegen schleppen voll beladene Schulranzen auf ihren glänzenden Rücken in die Kapelle.

Hinter der Lehrerfliege am Altar hängt ein schmales, hölzernes Kreuz mit dem darauf genagelten ausgemergelten Erlöser. Jeden Tag flehe ich ihn an, mich aus meinem öden Dasein zu befreien. Vielleicht freut es ihn einfach, dass er mit seinem Leiden zum Tode hin nicht allein bleibt, denn nichts ändert sich.

„Ihr Zuhause. Beschreiben Sie, was Ihnen dazu einfällt."

Wenn meine Schule wie ein öder, grausamer Friedhof auf mich wirkt, so ist mein Zuhause, in das wir erst vor kurzem eingezogen sind, eine von allerlei Dämonen und dem Teufel persönlich bevölkerte Hölle. Im Vergleich zu unserem vorigen Heim, das nur eine Querstraße weit entfernt liegt, ist das neue Haus eher eine Unterkunft. Der einst fest mit dem Fußboden verbundene braune Kurzflorteppich hat jegliche Bodenhaftung verloren und wellt sich in grünlich silbriger Verfärbung durch Flure und Zimmer. Die von ausblühenden Schwarzschimmelmustern verzierten Tapeten schälen sich überall von den dünnen Gipskartonwänden, aus denen die elektrische Verkabelung wie weißes Fischgedärm herunterhängt. Mein Zimmer ist kaum geräumiger als ein Sarg, in den man ein gucklochgroßes Fenster und eine schief im Rahmen hängende Tür hineingezimmert hat. In dem winzigen Garten sieht es nicht besser aus. Durch die Spalten eines verrottenden Holzzauns zwängen sich Katzen und Hunde aus der umliegenden Nachbarschaft und verwandeln die einstige Grünfläche in einen süßlich stinkenden Morast, auf dem nichts mehr wachsen kann. Risse an der Fassade sind Hilfeschreie der alten, ungepflegten Immobilie, die wie schon vom Vorbesitzer auch von ihrem neuen Besitzer, meinem Vater, ungehört bleiben werden. Denn mein Alter ist in einem ähnlich heruntergekommenen Zustand wie sein mit den letzten Mitteln erworbenes Haus. Auch er wird sich die Instandhaltung nicht leisten können. Er wird das Haus für sein Büro und als private Trinkhalle nutzen. Und als großflächiges Boxstudio, in dem er die Wut über den plötzlichen Tod seiner Frau, vor den Augen und Ohren aller anderen verborgen, auslassen kann. Und zwar an mir.

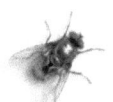

„Wenn Ihr Vater Sie demütigte, wie sah das genau aus?"

Jemand der sich das von außen hätte anschauen wollen, wäre sicher zu dem Schluss gekommen, dass mein Vater sich nicht im Mindesten für seinen Sohn interessierte. Er existierte nicht für ihn. Wenn wir uns überhaupt in dem düsteren Haus über den Weg liefen, musste ich Tiraden über mich ergehen lassen, in denen er mich als stinkenden, verweichlichten Jammerlappen beschimpfte. Oft, schon zu Beginn meiner Schulzeit, zwang er mich, mich bis auf die Unterhose auszuziehen und für den Rest des Tages eines der Kleider meiner Mutter zu tragen, die er nach ihrem Tod nicht weggegeben hatte. Das schone meine guten Sachen, sagte er. Er ließ sich Quälereien einfallen, Kleinigkeiten, wie mich nur unter der Bedingung fernsehen zu lassen, dass ich die gesamte Zeit über an der Wohnzimmertür stehend die Türklinke nach unten drückte. Damit er mich immer gut im Blick hätte und sich sicher sein könnte, dass ich mich nicht entferne, um etwas Dummes anzustellen. Weinte ich nach einer Tracht Prügel, legte er noch ein paar Schläge extra drauf, und damit er damit aufhörte, musste ich mein Gesicht verdecken, weil ich ihn beim Weinen zu sehr an meine Mutter erinnerte. Er nannte sie eine egoistische Schlampe, die ihn mit der ganzen Arbeit und der Werbeagentur alleine und im Stich gelassen hat.

„Gab es niemanden, dem Sie sich anvertrauen und von diesen Gewalttaten erzählen können hätten?"
„Wen der Herr liebt, den züchtigt er, wie ein Vater seinen Sohn, den er gern hat."
„Sie sind religiös?"
„Nein. Ich will damit sagen, dass körperliche Bestrafung in Familien auch in den Achtzigern noch ein gängiges Erziehungsmittel

war, ein Recht auf gesetzlichen Schutz davor gab es auch nicht für
Kinder."

„Sie müssen sich machtlos vorgekommen sein."
„Nicht machtloser als Andere in meiner Situation. Aber ich hatte
immerhin ein Mondgrundstück."
„Bitte erzählen Sie mir davon."
„Sie sind zu spät dran. Diese Grundstücke sind bereits alle
vergriffen."
„Bitte erzählen Sie mir trotzdem davon."

Einmal, als mein Vater nach einer der seltenen Auftragsbestätigun-
gen für sein Büro mir im Glücksrausch bares Geld zusteckte, griff
ich zu und erwarb ein Mondgrundstück. Die Annonce des Verkäu-
fers hatte ich in einem Wissenschaftsmagazin entdeckt. Das bisschen
Geld reichte nur für den Kauf einer kleinen, dafür aber gut gelegenen
Fläche. Ich orientierte mich an dem Rat des Immobilienmaklers, der
meinem Vater das neue Haus verkauft hatte: Lage, Lage und Lage
seien die drei wichtigsten Kriterien beim Kauf einer Immobilie oder
eines Grundstücks, hatte er gesagt, und ich hatte mir das gemerkt.
Mein Mondgrundstück würde ich also später sicherlich mit hoher
Rendite weiterverkaufen können, wenn beispielsweise die relativ
wenigen Mond-Quadratmeter beim Bau eines Hotels benötigt
werden würden, das die Japaner, die damals eine gefürchtete und
erfolgreiche Wirtschaftsmacht waren und Hawaii praktisch schon
vollständig aufgekauft hatten, bereits planten. Darüber hatte der
Mondgrundstücksmakler in der kleinen Werbeanzeige seine
Investoren informiert. Dennis Hope, ein Amerikaner, hatte 1980 die
Mondfläche in Parzellen eingeteilt und sie ganz legal – wohlgemerkt
als Einzelperson, nicht als Staat – auf einem Grundstücksamt in
Kalifornien als sein Eigentum eintragen lassen. Also kaufte ich,

400 m² in bester Lage für damals 15 Euro: Keine Nachbarn, ein herrlicher Ausblick und sehr ruhig. Seit 1972 hat niemand mehr den Mond betreten. Und genau wie alle anderen Himmelskörper gehört der Mond niemandem, nicht den Amis oder anderen Nationalstaaten, kein Staat der Erde darf Exklusivrechte auf ihn anmelden. Das wurde so 1967 in einem Weltraumvertrag vereinbart, den die damaligen Supermächte, die Vereinigten Staaten von Amerika und die Sowjetunion, wegen der großen Angst vor einem Wettrüsten der Blockmächte im All abschlossen. Natürlich habe ich mein Geld nicht leichtfertig investiert. Mick Jagger und Tom Cruise haben auch zugegriffen, Arnold Schwarzenegger und sogar George W. Bush waren laut der Annonce ebenfalls Kunden des Mond-Maklers. Und die waren sicher keine dummen Menschen, dachte ich mir.

Das Zertifikat, das die Eigentümerschaft des kleinen Mondgrundstücks in Toplage belegt, wurde mir schon wenige Tage nach dem Kauf in einem großen Umschlag postalisch zugestellt. Ich versteckte es, solange ich bei meinem Vater lebte, unter der Matratze in meinem kleinen Zimmer mit dem verpinkelten Teppich, um es gut vor neugierigen Blicken zu verbergen.

„Was bedeutet Ihnen das Grundstück, verleiht es Ihnen Macht Ihrem Vater gegenüber?“
„So wie ich die Dinge sehe, konnte man von meinem Vater nur Schulden erben und nicht, wie es für viele meiner Altersgenossen aus meinem Dorf von Geburt an abgemacht war, das kleine Häuschen oder das Stück Land oder den Acker der Großmutter. Es war für mich klar: Das Mondgrundstück ist meine Chance, mein Ticket zu

14

Unabhängigkeit und Wohlstand, damit lasse ich das alles weit hinter mir.

„Wohlstand kann man sich doch auch erarbeiten, oder?"

„Wer das glaubt, glaubt auch an sichere Renten oder dass die Erde eine Scheibe ist."

„Und eine Investition in ein Mondgrundstück ist sicherer?"

„Der Herr Minister verspricht eine sichere Rente, der Bundeskanzler sichere Spareinlagen, der Mondgrundstücksmakler eine lukrative Rendite, ich sehe da keinen Unterschied. Sie?"

„Ich verstehe. Was fühlten oder dachten Sie, als Sie damals das Zertifikat in Ihren Händen hielten?"

Jeden Tag nach der Schule sitze ich in meinem Zimmer und begutachte es. Hausaufgaben erledige ich nie, diese mir inzwischen lieb gewonnene Gepflogenheit setze ich auch an der neuen Schule fort. Was sollen Hausaufgaben noch bringen? Dieses Zertifikat wird mich eines Tages wohlhabend machen. Wozu brauche ich eine Hochschulreife? Um als Taxifahrer zu arbeiten? Das werde ich all diesen studierten Fliegen mit ihren überflüssigen Diplomen und Magistern überlassen, die mich später einmal herumchauffieren werden. Ich werde auf der kunstledernen Rückbank ihres Taxis sitzen und stinken – aber diesmal nach Geld. Die studierte Fliege am Lenkrad wird aufgeregt ihre Flügel reiben, ihren Kopf nach hinten wenden und gierig mit ihrem Leckrüssel versuchen, von meinem Reichtum zu kosten. Ihre Facettenaugen werden mich anflehen, während ich der bettelnden Taxifliege einen Knoten in den Rüssel binde. Ich werde mir ein besseres Leben mit meinem Mondgrundstück aufbauen. Das ist der einzige Ehrgeiz, den ich habe.

„Haben Sie das Zertifikat noch?"

„Ja sicher. Aber wie bereits gesagt, alles schon vergriffen."

„Wirklich schade. Ich würde es gerne sehen. Können Sie es mir mal zeigen?"

„Vielleicht. Liegt unter meiner Matratze. Sie haben doch Schweigepflicht?"

„Sehen Sie mich gerade als Fliege? Haben Sie die Sorge, ich könnte verraten, wo Sie Ihr Zertifikat verstecken?"

„Ich vertraue keiner Fliege. Auch keiner mit Schweigepflicht. Wir begegnen uns heute zum ersten Mal und Sie haben gerade Ihren Rüssel nach mir ausgefahren. Sie verstehen?"

„Ja. Was fällt Ihnen zu dem Dorf ein, in dem Sie gelebt haben? Würden Sie es als Ihre Heimat bezeichnen?"

„Eher als Herkunft. Und das kleine Städtchen, in dem ich geboren wurde, kenne ich gar nicht."

„Also gibt es keinen Ort, den Sie als Heimat bezeichnen würden?"

„Heimat ist für mich kein fassbarer Begriff. Das ist etwas individuell Geprägtes, wie ein Dialekt, ein Geruch oder eine Erzählung. Heimat ist auch ,wir hier'. Und alle anderen, die anders sind, das sind dann ,die dort', ,nicht von hier'. Und alles, was neu ist, erscheint von da aus von vorneherein schwierig und ist dann schlicht ,nicht hier, nicht wir'."

„Sie meinen, Schwieriges wird schnell abgewehrt und ausgegrenzt?"

„Das Gehirn spart gerne Energie und mag es eindeutig und nicht komplex. Und je komplexer das Ungewohnte oder Fremde ist, desto mehr wird das Gewohnte verklärt und verteidigt. Ich denke auch, Heimat ist für die meisten Leute einfach der Ort, an dem die Menschen leben, die sie lieben. Gefühle, die mir so völlig fremd sind. Wussten Sie, dass man Heimweh noch vor 200 Jahren für eine Krankheit hielt, an der man sterben konnte?"

„Nein, das ist mir nicht bekannt."

„‚Nostalgia' oder ‚Heimwehe', verursacht durch übermäßiges Denken an Zuhause. Das hat erstmals ein Arzt 1688 als heimtückische Krankheit diagnostiziert, die seine Schweizer Landsleute befiel, die als Söldner weit weg von daheim kämpften."

„Das ist wirklich interessant."

„Es scheint jedenfalls fast so, als sei Heimat besonders wertvoll, je weiter man davon entfernt ist."

„Was kommt Ihnen zu dem Dorf, in dem Sie aufgewachsen sind in den Sinn?"

„Die kleinwüchsige Fliege und der Acker der Sparkassen-Goldspoonfliegen."

„Weshalb erinnern Sie sich bei dieser Frage nach dem Dorf als Erstes an die kleinwüchsige Fliege?"

„Eine kleinwüchsige Fliege in der Provinz, ich bitte Sie. Ist das etwa nicht erinnerungswürdig?"

„Warum sprechen Sie das Wort Provinz so wertend aus?"

„Ich mag das Provinzielle an der Provinz nicht."

„Können Sie das genauer beschreiben?"

„Wie gesagt, mir fällt auf, dass man in der Provinz sich am Anderssein besonders aufhängt, verstehen Sie?"

„Ja, Sie meinen, in der Provinz wird Individualismus nicht geschätzt. Aber wir schweifen wieder ab, denke ich. Sie sprachen *davor noch von einem Stück Land oder Acker?"*

„Ja, dem Acker der Goldspoons. Dorthin hat mich die ganz zu
Anfang erwähnte goldene Bierwelle gespült."

„Dann machen wir doch einfach da weiter."

Jede einzelne Stufe der alten Holztreppe stöhnt unter der schweren Last des vom Alkohol aufgedunsenen Körpers meines Vaters, so laut, als wollte sie mich vor ihm warnen. Deshalb gelingt es mir auch leicht mein Zertifikat noch zu verstecken, bevor er breitbeinig im Zimmer steht.

„Hey, Susu, die Langhaarigen in deiner Klasse", beginnt er hörbar angetrunken und nach Gleichgewicht suchend zu sprechen, „machen die auch Musik?"

Ich bejahe, einer von ihnen, Styxx, ist Schlagzeuger einer Rockband.

„Hol den Typen mal her, Weichei. Aber pronto!"

Mein Vater benötigt ihn und die Band für die Entwicklung eines Werbejingles für einen Kunden, eine regionale Bierbrauerei. Er verspricht, den Jungs mit seiner Kampagne schnell zu Bekanntheit zu verhelfen, der Jingle soll landesweit rund um die Uhr in Radiospots gespielt werden. Dafür müsse die Band ihn aber auch unentgeltlich komponieren und auf sämtliche Honorare aus Nutzungs- und Nebenverwertungsrechten verzichten. Am nächsten Tag nehme ich meinen Mut zusammen und spreche Styxx an, ein Alphatier unter den Langhaarfliegen mit prächtiger schwarzer Lockenmähne. Er zögert erwartungsgemäß nur einen kurzen Moment, hört sich das Anliegen meines Vaters und dessen Bedingungen an und willigt, wie ebenfalls erwartet, begeistert in den Handel ein.

*„Entschuldigen Sie, dass ich Sie unterbreche. Aber: warum war das
zu erwarten?"*

*„Ihre Eitelkeit siegt, gerade bei der musizierenden Fliegenzunft,
über die unwiderstehlichsten Lockstoffe. Selbst der Duft von frischen
Banknoten verblasst dagegen."*

Es klingelt an der Büroeingangstür und kurz darauf treten Styxx und
sein blasser Lead-Gitarrist ein. Wie sonst auch ist der Raum von fast
ganz herabgelassenen Rollläden verdunkelt, um innenarchitektoni-
sche und andere Unzulänglichkeiten wenigstens ein wenig zu
vertuschen. Mein Vater, ganz Geschäftsmann, begrüßt beide
überschwänglich. Die Musikantenfliegen beachten das Getue so gut
wie überhaupt nicht, denn ihre Facettenaugen heften sich sofort auf
die sehr attraktiv gekleidete Mitarbeiterin meines Vaters, Susi. Man
kann den Fliegen ansehen, dass sie im Begriff sind, ihre gerade
hervortretenden Rüssel noch weiter in die Richtung der blonden
Grafikerin auszufahren, aber mein Vater kann sie umlenken in die
bereits geöffneten Musterflaschen des Brauereinektars. Susi, die nur
mein Vater so nennt, wie ja auch mich gelegentlich Susu, heißt
eigentlich Claudia und zieht eine große Hartschaumplatte mit einer
darauf aufgezogenen Grafik aus einer Sammelmappe. Der Geruch
von frisch aufgetragenem Sprühkleber beginnt sich mit dem im
Raum vorhandenen Gemisch aus kaltem Rauch und Nikotin und
abgestandenem Alkohol einen Kampf um die Vorherrschaft zu
liefern. Auf der Grafik ist eine goldgelbe, sich auftürmende Welle
aus Bier dargestellt, deren weiß sprudelnde Gischt sich zu einem
Kussmund formt. Unter das Brauereilogo hat Susi den Claim "Kiss
me!" eingefügt. Mein Vater gibt den Musikern eindeutige Vorgaben,
welches musikalische Ergebnis er von ihnen erwartet, bevor sich die
beiden Langhaarfliegen wieder verabschieden.

Mit meinem klapprigen Fahrrad, dessen Hinterrad herumeiert wie ich bei einer Frage im Schulunterricht, mache ich mich einige Wochen später zum vereinbarten Treffpunkt auf.

Styxx hat mich zum Dank für meine Vermittlungstätigkeit auf eine Party der Band und ihrer Freunde bei einem ausrangierten Bauwagen am Ortsrand eingeladen. Der Vater des Bassisten hatte den, vermutlich um nach seinem langen Arbeitstag in der Bankfiliale nach Feierabend Ruhe im Haus zu haben, für seinen musikalischen Sprössling und dessen Freunde auf einem Familienacker aufgestellt. Kurz vor dem schmalen Feldweg, der sich zu dem abgelegenen Ackergrundstück schlängelt, liegt der werbebeflaggte Getränkemarkt, bei dem auch mein Vater Stammkunde ist. Selbst tief in der Nacht kann man an der direkt nebenan liegenden Haustür klingeln und wird von der serviceorientierten kleinwüchsigen Inhaberfliege freundlich bedient, die allein in einer Erdgeschosswohnung neben dem Markt wohnt. Die Wohnung ist dem Anschein nach ebenso winzig wie ihr Bewohner. Ich möchte mich bei den Jungs beliebt machen und ihnen ein Sechserpack Bier spendieren. Zur Feier des Tages, denn die Brauerei hat meinem Vater tatsächlich den Auftrag erteilt und der Jingle wird laufen. Besonders gut gefällt den Auftraggebern, dass die Musik von jungen Leuten aus der Region komponiert und eingespielt wurde. Das vermittle ihrer Zielgruppe glaubhaft die Verbundenheit der Brauerei mit dem Standort. Freudetrunken über den Auftrag hatte mir mein Vater wieder einmal ein paar Geldscheine als Vermittlungsprovision vor die Füße geworfen, so gönnerhaft, wie man den dämlichen kleinen Viechern im Streichelzoo Brotrinden hinwirft. Es hat also geklappt und man kann sich immer wieder nur wundern, wie das alte Wrack das noch schafft, denke ich, und schnappe mir die mageren Scheinchen. Er

20

muss früher mal den Spirit gehabt haben und nicht nur Alkohol im Blut. Das habe ich mir aus dem zusammengereimt, was er von sich gibt, wenn er mir bierselig Vorhaltungen macht, wie er alles, was ihm etwas bedeutet hat im Leben, verloren hat wegen meiner Mutter und mir. Seine Geschichte ist die eines völlig normalen Typen, der nach einem vielversprechenden Start ins Leben in rasanter Geschwindigkeit eine totale Bauchlandung hinlegt. Trotz des kleinbürgerlichen Elternhauses konnte er Abitur machen und studieren und geriet so zufällig in das Herz der damaligen Jugendrevolte. An seiner Universität waren die Studenten dabei, mit viel Protest und Geschrei den Nazimuff der deutschen Nachkriegszeit aus den Hörsälen und Institutionen hinauszufegen, mit wildem zivilen Ungehorsam, Sitzblockaden, Streiks und Demonstrationen und unter Einsatz ihrer nackten Hintern und Geschlechtsteile. Sie ließen ganz nebenbei ein ganz neues, blumenreiches, nach Gras duftendes, freizügiges und nach viel Weißwein, Bier und Pilzen schmeckendes Lebensgefühl ins Land seiner rechtschaffenen Vorväter einziehen. Mein Vater sprang darauf sofort wie wild an und begann am Rand des Studiums in einer kleinen Druckerei zu arbeiten, die eine Menge zu tun hatte mit den Handzetteln, Protest- und Veranstaltungspostern. Er wechselte bald, seiner Neigung und seinen Interessen folgend, in die Organisation der Konzerte und Veranstaltungen der Uni. Früh im Leben hatte er die Rettung vor deutschem Lied- und Kulturgut, Marschmusik, Peter Alexander und der ‚Försterchristel‘ und was sonst noch so lief im Fernsehen der Zeit des Kalten Krieges in Deutschland, ausgemacht: Jazz, Swing, Blues und Rock'n'Roll. Nachts, im Dunkel seines Zimmers, hörte er, was sein Vater ihm verboten und als entartet und als Negermusik beschimpft hatte: er entdeckte die Radio-Sendefrequenz der örtlichen Barracks der amerikanischen Besatzungsmacht. Satchmo und Muddy Waters schlugen ihre Anker in sein Herz und Musik beschäftigte ihn ab da Tag und Nacht. Sein Studium der Betriebswirtschaft führt ihn ein in die Marktforschung, Werbung und Marketing, er hat ein Buch von Vance Packard, ‚Die geheimen Verführer', unterm Arm, als er bei einer der ersten Konzertveranstaltungsagenturen des Landes anheuert, die sich ganz dem Rock'n'Roll verschrieben hat. Zuerst noch ein herrliches Leben, freiwillig und ohne Not ohne festen Wohnsitz, er schläft in der Agentur oder bei seiner festen Freundin, hinter, unter oder auf Bühnen, in Trucks auf der Autobahn. Die Firma holt die aufregendsten Blues- und Rockmusiker auf ihre restlos ausverkauften Veranstaltungen und richtet zu Beginn der 1970er Jahre in der Rheinebene die ersten großen Open Airs aus, auf denen man solche Musik zum ersten Mal live und draußen miterleben konnte. Mein Vater war für die Bewerbung der Veran-staltungen und die Künstlerbetreuung zuständig. Vielleicht konnte er nicht mit den Freiheiten, den bunten Drogen und dem Alkohol umgehen, vielleicht war ihm das Granteln von Opa Ludwig über die Negermusik und die Asozialen zu sehr ins Fleisch eingegraben und im Weg. Jedenfalls geht es nach ein paar wenigen glänzenden Jahren für ihn, der ursprünglich ganz ernsthaft und mit Schlips und Kragen angetreten war, ganz schnell abwärts. Seine Geschäftspartner müssen sich möglichst unauffällig von ihm trennen. Nicht nur, dass er nicht gut zurechtkommt mit der Rolle des Familienvaters – er hat zwischenzeitlich seine Freundin geschwängert und geheiratet, so wie es sich gehört – und auch nicht so sehr wegen der vielen berufsbe-dingten Räusche und einiger Pannen, die daraus resultieren, sondern vielmehr weil mein Vater es – sagen wir mal so – sehr häufig ´vergessen´ hat, große Teile der Bareinnahmen in die Buchhaltung zu bringen. Ein ansehnliches Sümmchen Geld, das in den fünf Jahren weggekommen und an den Büchern und der Steuerbehörde vorbeigeschrammt ist. Bis heute spuckt mein Alter Gift und Galle, wenn er daran denkt und rechtfertigt sich in besoffenen Selbstgesprächen lallend für seine Handlungen. Irgendwie musste er ja bezahlen für das Häuschen seiner kleinen Familie! Ein richtiges Haus, für sie und den Hosenscheißer! Zwar in einem sehr kleinen Dorf abseits der Bahnlinie, aber immerhin. Zuerst hatte er nicht vorgehabt, sich dort mehr als dringend nötig aufzuhalten, aber nachdem er aus der Agentur rausgeflogen war und sein Ruf ruiniert, blieb ihm nichts anderes übrig. Ich konnte nur spekulieren, aber vermutlich begann er sofort, den Verlust seiner Tätigkeit in der großen Welt mit immer weniger Drogen und immer mehr Bier und Fusel zu kompensieren. Mit der kleinen Werbeagentur, die er gründet, versucht er zwar unermüdlich weiter an große Kunden heranzukommen, aber es läuft einigermaßen bescheiden, er ist zu instabil auf den Beinen. Zwar geht es mit dem Drucksachen- und Werbemittelboom in jenen Jahren steil aufwärts, es werden zunehmend mehr kleine Beilagen und Broschüren gedruckt, bedeutend mehr sogar, davon können wir gerade so leben. Aber der nächste Schlag haut ihn erstmal um. Seine Frau stirbt bei einem Verkehrsunfall und er sitzt fest in der Pampa mit einem kleinen verstörten Jungen.

Ich halte am Getränkemarkt und klingele an der für Kunden stets offenen Wohnungstür.

„Über neue Kunden freue ich mich immer! Egal zu welcher Zeit. Eigentlich dürfte ich dir dieses Bier ja gar nicht verkaufen. Jugendschutz. Aber bei uns hier haben wir unsere eigenen Regeln, oder? Hä? Oder?"

Die Getränkemarktfliege scheint eine echte Barfliege zu sein, überlege ich, als ich das letzte Stück des Feldwegs zum Bauwagen entlangfahre. Sicher hat sie es als kleinwüchsige Fliege schwer gehabt, hier auf dem Dorf. Als Kind wurde sie bestimmt gehänselt und herumgeschubst. Die kleinwüchsige Fliege war aber schlau und hat den ersten und bislang einzigen Getränkemarkt im Dorf eröffnet. Das verleiht der kleinen Fliege eine wichtige Machtposition und gibt ihr sicher auch das beruhigende Gefühl gebraucht zu werden. Ihre übertriebene Nettigkeit und Dienstleistungsbereitschaft führe ich auf die Angst zurück, dass sich mit einem Schlag alles ändern kann für den kleinwüchsigen Alleinunternehmer, wenn ein zweiter Getränkemarkt im Dorf eröffnet.

Ich kann schon von weitem laute Musik hören und als Orientierung für den restlichen Fußweg nutzen. Mein Fahrrad stelle ich zwischen den penibel geputzten Mofas und Mopeds der Partygäste ab.

„Der Agent!"

Styxx ruft mich zu sich, als er mich durch den aufsteigenden Rauch eines Lagerfeuers hindurch erkennt, das rotorange wie der Abendhimmel heute, neben dem Bauwagen lodert.

„Willkommen auf den Ländereien des Mr. Goldspoon!"

Styxx klopft dem Jungen neben sich kräftig auf die Schulter, der Bassist der Band ist, in der Styxx trommelt, und eben dieser Mr. Goldspoon. Ich überreiche ihm als dem Gastgeber mein mitgebrachtes Sechserpack.

„Der Agent hat Stil."

Mr. Goldspoon ist über meine Gabe sichtlich erfreut. Er reißt für uns beide sofort jeweils eine Flasche heraus und wir stoßen mit den anderen an.

„Wie habt ihr beiden euch eigentlich kennengelernt?", frage ich unvermittelt.

Goldspoon und Styxx läuft vor Lachen der Bierschaum aus der Nase.

„Erzählen wir mal unsere romantische Geschichte!", gluckst Goldspoon und rammt Styxx den Ellenbogen auffordernd in die Seite. Bereitwillig beginnt der zu erzählen: Natürlich ist es die Musik, die sie zusammengeführt hat. Ich erfahre viel über meine neuen Freunde an diesem Abend und die um das Feuer versammelten Partygäste hören der sagenhaften Erzählung ebenfalls andächtig, an ihre Getränke festgeklebt, zu.

Styxx bewohnt die Einliegerwohnung im Souterrain seines Elternhauses. Die Freitagabende beginnt er rituell zuhause, mit einem großen Glas Cognac-Cola auf Eis. Wenn er besonders gut gelaunt ist, zum Beispiel vor schulfreien Samstagen, macht er sich selbst eine Freude und wirft ein Stückchen Zitrone hinein. Dann sieht er zu, wie die kleine Scheibe in seinem Glas die Eisschollen in dem sprudelnden schwarzen Meer bei jeder Bewegung zart umspielt, und leert im Verlauf des Abends nach und nach die anfangs immer volle Flasche. Wenn er nichts vorhat, macht er es sich in Cognacwattebäuschchen gepackt gemütlich auf der von seinen Eltern ausrangierten schwedischen Möbelhauscouch, die sich harmonisch in die braune Billi-Regallandschaft auf einem braunen Teppichfußboden einfügt, was farblich insgesamt auch hervorragend mit seinem Drink harmoniert. Styxx liebt Harmonie, er vermutet, das ist so, weil er Drummer ist.

Der Abend, um den es geht, ist ein Freitag. Es ist schon spät und trotzdem muss er immer noch die Musik lauter drehen, um den lauten Streit seiner Eltern in der Etage über sich zu übertönen. „Ein Hoch auf das Recht auf ein individuelles Delirium!", lallt er, der als kleiner Junge deswegen regelmäßig Bauchschmerzen bekommen hatte, vielleicht aus Sorge um das körperliche Wohl seiner Mutter.

25

Heute ist ihm ihr Wohl völlig egal. Was geht ihn das an, seine Eltern haben ihre Gründe für das, was sie tun und lassen und sind alt genug, das alleine zu verantworten. Die Alte hat doch nur Angst, Arbeit finden zu müssen, wenn sie sich trennt, und sie weiß, wem sie ihren gesellschaftlichen Status verdankt, den sie als geschiedene Frau ohne Berufserfahrung nie mehr erreichen kann. Sie hat seit ihrer Ausbildung nicht mehr gearbeitet und braucht den Dauerstreit wahrscheinlich als Ausgleich zum Familiendasein. Auch sein Vater scheint die Auseinandersetzungen offenkundig zu brauchen, hier kann er sich wieder einmal wie ein richtiger Mann fühlen. Sein Berufsalltag ist so durchhierarchisiert und organisiert, dass es schwer bis unmöglich ist, sich gegen den von oben verordneten Kurs und unter den Kollegen durchzusetzen. Was für ein ödes, resigniertes Leben. Styxx' Helden dagegen, die auf den Postern mit Reißzwecken überall in seinem Zimmer liebevoll an die Raufasertapete gepinnt sind, haben mehr Spaß. Künstler im Allgemeinen, vermutet er. Das größte Poster im Zimmer zeigt Ozzy Osbourne, oberkörperfrei in roten Spandexhosen auf einem Thron sitzend. Der Madman speit dem Betrachter marmeladendickes Blut entgegen, sein Gesicht wie in einem Tollwutanfall zu einer dämonischen Grimasse verzerrt. Das Poster hängt genau so, dass Styxx und Ozzys stechender Blick sich Aug in Aug begegnen können, wenn er einen Stuhl in respektvollem Abstand davor stellt und ihm von da aus mit seinem Lieblingsgetränk in der Hand huldigt. An diesem Abend mündet die direkte Gegenüberstellung in einer Schwarzen Messe.

„Oh, Prince of Darkness, bist du da?", fragt Styxx mit viel zu dünner Stimme. Er versucht, mutiger zu klingen und rutscht auf dem harten Brauereistuhl, den er aus dem Partyraum der Eltern geliehen hat, besser zurecht. Nach einem tiefen Atemzug richtet er sich auf, drückt den Rücken gerade durch und hebt zu seinem großen Gelübde an. Kalter Schweiß steht ihm auf der Stirn. Seine Zunge ist irrsinnig schwer.

„Prince of Darkness! Sag deinem Herrn, ich bin bereit. Ich werde Satan meine Seele vermachen, wenn er mir ein Leben, wie das meiner Eltern und in der Kleinstadtödnis erspart! Meister, erhöre mich! Gib mir ein Zeichen!"

Styxx wiederholt seine Bitte ein ums andere Mal.

Vom lauten Klingeln des Telefons erschreckt, fährt er aus einem Nickerchen hoch. Mit dröhnendem Kopf hebt er den Hörer ab. In Erwartung einer Antwort des Herrn der Finsternis.

„Styxx!", zischt eine furchteinflößende, ihm unbekannte Stimme.

Das Blut scheint in den Adern stillzustehen. Er versucht, nicht zu atmen.

„Styxx?"

Das Blut klopft und rauscht in seinen Ohren. Die Halsschlagader pocht wild, es fühlt sich an, als würde der Druck die Augen aus dem Kopf springen lassen.

„Satanas? Bist du es?"

Das Rauschen füllt die ansonsten stumme Leitung. Dann hört er ein höhnisch klingendes Schnauben.

„Ja, klar! Bei uns hier ist das Höllenfeuer ausgegangen. Ich dachte, ich frag mal bei dir nach, ob ihr vielleicht noch Grillkohle in der Garage habt, bevor wir hier alle anfangen zu frieren!"

Styxx versucht zu begreifen, welche Botschaft ihm hier zuge-spielt wird, sein Mund ist völlig ausgetrocknet. Er leckt sich die Lippen, um sie zu befeuchten.

„Was?"

Langsam dämmert ihm, dass die Stimme wahrscheinlich zu einem jungen Menschen seines Alters gehört.

„Man Styxx, hast du einen sitzen, oder was? Hier ist Goldspoon aus deiner Parallelklasse! Du kennst mich vom Sehen. Ich rufe an, weil wir einen gemeinsamen Bekannten haben. Der meinte, du spielst Drums und hat mir deine Nummer gegeben. Ich will eine Band gründen!"

Nach diesem vorläufigen Höhepunkt der Geschichte brechen die Partygäste geschlossen in lautes Gejohle aus, hauen sich auf die Schenkel und klopfen sich gegenseitig auf die Schultern. Mit grölendem Gelächter löst sich taumelnd die gerade noch geschlossene Runde wieder auf.

Es wird weiter gefeiert, so wild, wie man als Teenager in der tiefen Provinz eben feiert. Es wird noch viel getrunken, laut palavert und geraucht, eine unvergleichlich schöne Nacht, in der gut behütete und biertrinkende Schuljungens am Lagerfeuer sich und ihr ländliches Leben an der nach Kuhmist duftenden Luft zelebrieren. So schön und einfach kann Jugend auch sein, denke ich, als ich sie still beobachte.

„Das klingt wirklich sehr idyllisch. Apropos, wenn Sie selbst auf Ihrem Mondgrundstück leben könnten, wie würde Ihr Leben dort genau aussehen? Wie würden Sie es nutzen, was würden Sie dort tun, angenommen, man könnte dort leben?"
„Es gäbe ein schönes, helles und offenes Haus dort. Einen weißen Bungalow mit Flachdach und verglaster Front. Und einen etwas größeren Garten mit Swimmingpool. Direkt an einem Open-Air-Gelände gelegen, wo jedes Wochenende Rockbands auf einer großen

Bühne spielen, und über der Bühne ist am Nachthimmel die leuchtend grün und blaue Erde zu sehen. Und einmal im Jahr, zu Weihnachten oder so, würde der Duke of Dezibel dort auftreten. "

„Der Duke of Dezibel! Den höre ich auch gerne, besonders vor oder nach einem anstrengenden Tag, auf dem Weg, im Auto. "

„Ist das eine Ihrer vertrauensbildenden Maßnahmen, wie die Raucherlaubnis vorhin? "

„Wenn Sie meinen. Aber ich finde, das 1976er Livealbum des Duke ist ein Meilenstein der Rockgeschichte. "

„ ‚139 dB'. Ja, ich gebe Ihnen total Recht. Und bitte entschuldigen Sie. "

„Eine Frage noch: Spüren Sie irgendwelche körperliche Reaktionen, wenn Sie mir von Ihrer Vergangenheit erzählen? "

„Nein. Warum? "

„Mir fällt auf, dass Sie sich beim Erzählen sehr oft im Gesicht kratzen. So, ich denke, das reicht dann auch für heute. "

Wir stehen auf und verabschieden uns voneinander.

„Ach, denken Sie bitte daran, Ihr Zertifikat beim nächsten Mal mitzubringen? "

Ich nicke und gehe zur Tür.

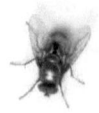

ERSTER BESUCH

Lous Lungenbläschen stoßen das Rascheln von hunderttausend gerauchten Zigaretten in den Besucherraum, als er an dem Beamten vorbei geht und sich zu mir setzt.

„Hast du gerade gesehen wie mir der Typ auf den Arsch glotzt?", fragt mich Lou. „Der steht wohl auf Leder. Na, lassen wir das, ich weiß wie das hier bei euch Knastschwestern so läuft! Wie war denn dein erstes Date mit der Psychotante?"

„Ganz produktiv, würde sie jetzt bestimmt sagen."

„Friss bloß nicht diese Antidepressiva oder Schlafmittel-Scheiße, die sie dir geben, junger Freund. Wenn du dich schon fertig machen lassen willst von einem Psycho, dann am besten mit LSD."

Lou lacht so laut, dass wir von dem Beamten ermahnt werden.

„Glaub dem alten Mann hier, der auf dem Schutt groß geworden ist, den uns diese von Metamphetamin zugedröhnte, verschissene Wehrmacht hinterlassen hat. Weißt du, wie sie Crystal Meth bei der Wehrmacht genannt haben? Panzerschokolade! Echt krank."

„Wie läuft's bei Kojak?"

„Steckt bis zum Hals in Arbeit. Vögelt aber gerade so eine Gothic-Fledermaus, die ihn ans Bett kettet und auspeitscht. Soll dir Grüße von ihm ausrichten."

„Grüße zurück, bitte, Lou."

„Mach ich gern, Kleiner. Und ich wiederhole, junger Freund: Nimm dich in Acht vor diesen Quacksalbern! Denk an Keith, sein scheiß Arzt hat es verkackt, verschreibt ihm für einen Entzug auf eigene Faust ungeeignetes Zeug. 32 Pillen von dem Beruhigungsmittel hat der Gute geschluckt, sollte natürlich nicht mehr als 3 pro Tag nehmen. Aber klar, musste ja passieren, Streit mit seiner Alten und so. Und rede nicht zu viel mit der Psychotante. Frauen mit einem Doktortitel in Seelenklempnerei sind gefährlich. Pass gut auf, was du sagst, junger Freund. Sonst schließen sie dich für immer als therapieresistent weg. Und das war's dann."

Lou lacht wieder laut und zwinkert dem Beamten zu, als er den Besucherraum verlässt.

Kapitel 2

„Ist Ihr Vater heute auch wieder anwesend?"

„Nein."

„Wie schön, ich sehe, Sie haben an das Zertifikat gedacht."

Ich nicke und überreiche ihr das Zertifikat, als ich Platz nehme.

„Sie haben Recht, das sieht wirklich gut aus. Aber hatten Sie damals als Jugendlicher auf dem Dorf nie das Gefühl, das könnte noch sehr lange dauern, bis Sie sich durch den Verkauf des Mondgrundstücks aus der Abhängigkeit von Ihrem Vater befreien können?"

„Doch, zum Beispiel als meine erste Geschäftsidee scheiterte."

Mit einem simplen Geschäftsmodell möchte ich mir etwas Geld dazuverdienen: Verknappung begehrter Ware. Die langhaarigen Fliegen, die alle genauso leidenschaftliche Musikfans sind, wie die auf Mr. Goldspoons Acker, haben mich dazu inspiriert. Um die Mitte der Achtziger Jahre gibt es das damals angesagteste, weil einzige Szenemagazin nur am Bahnhofskiosk zu kaufen. Es erscheint zu Monatsbeginn und die Kioskfliege hat nur sehr wenige Exemplare vorrätig. Ich kaufe also alle vorhandenen Exemplare auf, als die Kioskfliege ihren Laden am frühen Morgen aufschließt. Geld habe ich inzwischen, weil mir Styxx´ Band eine regelmäßige Beschäftigung als Hilfskraft angeboten hat, als Roadie, der mit der Band reist, beim Ein- und Ausladen des Equipments hilft und Technik und Instrumente auf- und abbaut. Die Langhaarfliegen bedrängen daraufhin wütend die Kioskfliege, weil sie völlig unerwartet vor einem leeren Regal in seinem Laden stehen. Der verliert die Fassung und beschimpft sie als verdorbene Jugend, das Magazin als perversen Schund, mit diesen in Lack und Leder gekleideten Abartigen, die alle so aussehen, als seien sie überschminkte Prostituierte, so etwas habe es früher nicht gegeben. Verbrannt hätte man solche Magazine und eine harte Hand, wie früher, das wäre heute wieder genau das Richtige, das sage sie schon lange, und alles sei damals ja auch nicht schlecht gewesen. Mit diesen Worten wirft die Kioskfliege die protestierenden, wilde Flüche ausstoßenden Langhaarfliegen aus dem Laden und schließt so lange die Tür von innen ab, bis sie sich verziehen. Ich gehe, sehr bewusst angepasst gekleidet und frisiert, zurück in den Kiosk und mache mit dem Besitzer einen Deal. Ich halte ihm die Rocker-Fliegen vom Hals, im Gegenzug soll er mir die gesamte Magazinauflage an jedem Monatsanfang zurücklegen und verkaufen, wobei ich selbstverständlich per Vorkasse zahle. Die Kioskfliege willigt gierig sofort ein, obwohl sie versteht, was ich vorhabe. Aber sie hat tatsächlich etwas Angst bekommen und möchte die Halbstarken, wie sie sie nennt, nicht mehr in der Nähe des Kiosks haben. Der Duft von leicht verdienten Banknoten ist für sie daher sehr verlockend. Auf dem Schulhof verkaufe ich die Magazine dann zu einem Wucherpreis und sie finden reißenden Absatz. Ich werde als Halsabschneider beschimpft, aber mit Beschimpfungen kann ich von Haus aus gut umgehen.

„Verknappung ist eine gute Grundlage für Gewinne."
„Habe die Rechnung aber ohne die älteren Geschwister und Eltern gemacht. Die haben die Magazine sehr bald einfach aus der nächstgrößeren Stadt für ihre Geschwister oder Kinder importiert. Für eine sehr kurze Zeit habe ich mit meinem An- und Verkauf guten

Profit gemacht, dann musste ich mich allerdings geschäftlich

umorientieren. "

„Was haben Sie als nächstes gemacht? "

„Grafikdienstleistungen für Rockbands. "

Styxx fragt mich, ob ich bei meinem Vater einen Entwurf eines Band-Logos arrangieren kann.

„Dafür brauchen wir meinen Vater nicht, Styxx."

Ich beauftrage Susi, also eigentlich Claudi, die bei meinem Vater nur als freie Mitarbeiterin beschäftigt ist, ein Logo für die Band zu entwerfen, und fordere zudem von ihr für diesen Dienst eine Vermittlungsprovision. Dieses weitere kleine Einkommen fängt den Verlust aus dem Scheitern meines Magazinvertriebs auf. Objektiv betrachtet, gelingt Susi kein Meisterwerk des Artworks und es lässt sich nicht an dem messen, was Derek Riggs für Iron Maiden gelungen ist. Es ist auch nicht nur ansatzweise das, was man als originell bezeichnen könnte. Aber für eine Provinztruppe sind Styxx und seine Band mit einem Logo ihren Kollegen schon weit voraus und das erweckt in Musikerkreisen Aufmerksamkeit für meine Dienste. Andere Interessenten, Freunde von Styxx, die auch in Bands spielen, von denen es reichlich viele in unserer musikalischen Region gibt, melden sich bei uns. Weil die meisten der potenziellen Kunden sowieso regelmäßig bei den Bauwagenpartys auf dem Goldspoon-Acker auftauchen, richte ich mir dort ein kleines Büro als Anlaufstelle ein.

„Roadie, du brauchst selbst einen Namen und ein Logo für deinen Grafikservice!", belehrt mich Styxx, als er mich bei einem Kundengespräch antrifft.

„Das da will ich draußen am Wagen aufhängen", sage ich und zeige ihm ein kleines Schild mit dem fertigen Firmenlogo, das

Claudi für mich bei einem Werbetechniker anfertigen lassen hat.
„Coma Music Entertainment."

„ Wie sah das Logo aus? "

„ Eine betrunkene Fliege auf einer rotierenden Vinylschallplatte, die
ihren Leckrüssel in ein mit Eiswürfeln gefülltes Whiskeyglas taucht.
Um sie herum, kreisförmig gesetzt, der Schriftzug 'Coma Music
Entertainment'. Auch eher wenig originell, aber meinen Kunden
gefällt es. "

„ Und hat Ihre neue Idee besser funktioniert, als davor der
ambulante Magazinvertrieb? "

Das Geschäft mit dem Grafikservice läuft eine Weile sehr gut.
Immer mehr lokale Bands nehmen die Dienstleistungen von Coma
Music Entertainment in Anspruch, meine Kunden- und Kontakteda-
tei wächst an. Styxx' Band hat in den letzten Monaten von ihrer
neuen Bekanntheit durch den Radiospot der Brauerei tatsächlich
stark profitiert und wird weiter von regionalen und zunehmend auch
von überregionalen Veranstaltern gebucht. Sie zieht auch immer
mehr Menschen in ihre Konzerte, die in Jugendzentren, Bars,
Diskotheken und kleinen Sporthallen stattfinden. Auch ich kann
daraus Profit schlagen, wenn auch weniger finanziell als optisch.
Wegen der verstärkten Roadietätigkeit schwellen meine Muskeln an
und meine Haare hängen mir inzwischen gut über die Schultern.

„Ein Typ hat erst lange Haare, wenn er sie sich um die Brutwar-
zen wickeln kann, Roadie."

Alles läuft gut, ich habe Rücklagen für meine geplante Flucht aus der Provinz gebildet und bin zudem an meiner neuen Schule integriert. Meine Arbeit als Roadie für das Alphamännchen Styxx verleiht mir Respekt. Das ändert sich aber sehr plötzlich und unerwartet.

„Roadie, wir müssen reden."

Styxx schaut mir nicht in die Augen, als er mir im Bauwagen berichtet, dass seine Eltern ihn auf dem Wirtschaftsgymnasium der nächsten Großstadt angemeldet haben. Auch die anderen Jungs aus der Band bekämen Druck von Zuhause, sie sollen sich auf ihr anstehendes Abitur konzentrieren.

„Das mit der Band, also, wir machen so eine Art Pause."

„Ihr löst euch auf", korrigiere ich ihn.

Styxx zuckt mit den Achseln.

Mr. Goldspoons Vater wird den Bauwagen verkaufen, berichtet mir Styxx weiter. Sein Sohn hat seiner Meinung nach erst einmal genug gefeiert und soll sich jetzt auf den Hosenboden setzen und lernen.

„Tut mir leid, Roadie. Aber jede Party ist irgendwann zu Ende."

Ich hänge das Firmenschild wortlos ab. Coma. Aus.

„Man sieht sich, Roadie", sagt Styxx, steigt auf sein Moped und fährt davon.

Ich schaue ihm nach, aber ich glaube nicht an ein Wiedersehen.

„Sie hätten Ihren Grafikservice doch auch ohne Ihren Freund weiterführen können."

„Ich hatte mittlerweile die Lust daran verloren. Diese ewigen Diskussionen mit den Musikern über die Gestaltung ihrer Band-Logos, für die paar Kröten? Sie wollten alle in jeder Hinsicht die Kopie einer Kopie sein, musikalisch wie optisch. Mittelmäßig. Immer

brav dem Trend folgen, statt ihn zu setzen. Sie waren weder kreativ noch mutig. "

„Erwarten Sie da nicht zu viel von so jungen Menschen? Nicht jeder ist David Bowie. Vielleicht soll Musik da einfach nur ein Hobby sein, das Spaß macht und Mädchen beeindruckt. "

„Ja genau. Für mich war es aber alles andere. Ich war ja ziemlich sicher, dass ich früher oder später von der Schule fliege. Dass ich mich dann erst in einem Supermarkt an der Kasse wiederfinde und am Ende ein armseliges sinnloses Leben führe wie mein Vater, womöglich nur eine Querstraße weit von ihm entfernt. In einer winzigen Keksschachtel von Einzimmerwohnung, in der man irgendwann meinen stinkenden Kadaver findet, wenn ich mich mit einer toxischen Mischung aus Verzweiflung und Langeweile zu Tode gesoffen habe. Ich habe mal gehört, dass die meisten Leute nur zehn Kilometer von dem Ort sterben, an dem sie geboren worden sind. Eine grausame Vorstellung, oder? "

„Nicht für jeden. Manche beruhigt dieser Gedanke. Wie geht es danach für Sie weiter? "

Jedenfalls nicht langweilig und nicht angepasst. Ich fürchte mich vor einem Leben von der Stange. Vor der Nummer Sicher. Vor dem: Machen-alle-so. Kann man nichts falsch machen mit einem Fertighaus von der Stange, in einer Wohnungseinrichtung von der Stange. Ist viel weniger anstrengend und einfacher als selbstständig Entscheidungen treffen. Styxx und die anderen haben mich enttäuscht, obwohl es die ganze Zeit schon klar war, dass für sie das Haare wachsen lassen ein Ersatz für echte Rebellion gewesen ist. Ab und zu machten sie Ernst im Proberaum, alibimäßig, für etwas Glaubwürdigkeit. Viel lieber hätte Styxx aber doch den ganzen Tag auf seinem scheißhässlichen Sofa herumgelegen und Bierchen getrunken. Er laberte ständig davon, dass er davon träumt, als Profimusiker in einem Tour-Bus zu fahren, einem großen, mit Schlafkojen. Lächerlich! Tausche Sofa gegen Koje! Musik war nur das Mittel, nicht die Hauptsache dabei, erbärmlich! Ich muss irgendwie Geld verdienen, aber diese Grafiknummer ermüdet mich.

Goldspoon fragt, ob ich ihn in die große Musikalienhandlung begleite, weil er seinen Bass und den Verstärker verkaufen möchte. Der Laden hier bei uns bedient kaum mehr als den Grundschul- und Vereinsbedarf, mit Akkordeons und Notenblättern von alten Volksliedern, dazu ein paar Hausfrauenorgeln. Ankauf macht er gar nicht. Mutter Goldspoon fährt uns deshalb samt dem Equipment ihres Juniors in das ca. 20 Kilometer entfernte Musikgeschäft. Es ist riesig, landesweit bekannt, hier kaufen auch viele Profimusiker ein, deshalb kann man dort ab und zu wahrhaftige Stars herumlaufen sehen. Ich helfe Goldspoon beim Ein- und Ausladen und schaue mich um, während er seinen Kram auf Kommissionsbasis verhökert. In der Gitarrenabteilung hängen Schilder aus, die Songs auflisten, die man zum Testen der Instrumente und Verstärker auf keinen Fall anschlagen darf. Den obligatorisch verbotenen Platz Nummer eins belegt natürlich 'Smoke on the Water', gefolgt von 'Highway to Hell' und anderen Klassikern dieser Größenordnung, die keiner der Verkäufer mehr hören müssen will.

Vor der Schlagzeugabteilung ist eine kleine Bar aufgebaut und Goldspoons Mutter lädt uns auf eine Cola ein. Sie und ein Typ an der Bar flirten heftig, sie nimmt sogar eine Zigarette an und raucht sie. Goldspoon und ich tauschen wissende Blicke. Klar, das Musikbusiness verdirbt sie alle und macht sogar aus Hausfrauen Huren.

Mein Blick fällt auf ein übergroßes Schwarzes Brett neben uns, an das Hunderte von Zetteln geheftet sind: „Band sucht Sänger",

„Verkaufe E-Gitarre" oder „Band sucht Proberaum", „Tausche dies gegen das". Eine neue Geschäftsidee, so simpel wie genial, beginnt in mir zu reifen. Zurück daheim erstelle ich ein Konzept für ein Musikmagazin. Ich möchte alle Schwarzen Bretter der regionalen Musikläden in einem einzigen, vielleicht bald überregionalen Magazin zusammenführen, mit ein paar redaktionellen Beiträgen von Plattenfirmen und Veranstaltern aufmotzen und das Blatt dann kostenlos bis auf die Portokosten, die ich mir bei der Bestellung überweisen lasse, dort auslegen. So etwas wird begierig gelesen, belebt das Musikgeschäft, zieht Leute an und verkauft den einen oder anderen Kaffee mehr an der Bar.

„Sie haben Recht, eine gute Idee! Aber wie verdienen Sie etwas daran?"

„Ganz einfach: Mit Werbeanzeigen von Labeln, Konzertagenturen, Instrumenten- und Bühnenzubehör-Herstellern."

„Das klingt wirklich nach einem guten Geschäftsmodell."

„Das war es auch. Eine Zeit lang zumindest. Es war ein eher schlichtes, schlankes Heft, aber der Umschlag war farbig. Dafür musste ich einen großen Sponsor finden, der im Gegenzug die besten Plätze für seine Anzeigen bekam, die Innenseiten der Umschläge zum Beispiel, und noch eine ganze Seite, schwarz-weiß natürlich, im Heftinnenteil. Das Interesse war groß, aber für mich allein war es verdammt viel Arbeit. Es war anstrengend, das Layout kleben, wieder umkleben, laufend kalkulieren, Unterlagen hinterher telefonieren, finanzielles Herumjonglieren, Termindruck. Ich war ja offiziell noch Schüler und mein altes Büro, den Bauwagen, gab es auch nicht mehr. Ich brachte nicht mehr als zwei Hefte zustande, bis ich eine große Denkpause einlegte."

„Hm. Und dann?"

„Ich erinnerte mich an Costa, einen Manager, den ich bei meiner Roadie-Tätigkeit für Styxx' Band kennengelernt hatte. Der hat mich als Roadie für Black Box eingestellt. Die kennen Sie ganz sicher auch, von denen stammt eine wunderschöne Ballade, die bis heute ständig im Radio läuft. Es kam mir sehr gelegen, dass Black Box auf eine landesweite Clubtour gehen wollte, und ich hatte Glück, denn sie waren auf dem besten Weg zu Ruhm und Ehre. "

Ich sitze im Bauch des Nightliners, dieses Orca, der im Busbahnhof unserer Kleinstadt gestrandet ist, und beobachte die Schmeißfliegen draußen, wie sie gierig ihre Leckrüssel über die schwarz getönten Scheiben des Busses zucken lassen. Sie werden von der großen Aufschrift, 'Black Box', angelockt, die schneeweiß vor pechschwarzem Hintergrund auf der blechernen Außenhülle leuchtet. Das aufgeregte Summen des Fliegenschwarms, der den Orca neugierig umkreist, ist bis in die abgelegenen Ecken der Innenstadt zu hören. Es ist ein warmer Sommertag, die langen Ferien haben gerade erst begonnen. Ich habe kurzentschlossen Platz genommen an einem Fensterplatz. Und ich stinke. Nach Freiheit. Und nie gekanntem Luxus. Neben Sitzplätzen bietet der Nightliner kleine Schlafkojen, eine Ledersitzecke, ein Soundsystem, einen Fernseher mit Videoplayer sowie eine kleine Bordküche mit Kühlschrank, ein kleines WC.

Das Kaff habe sowieso auf der Reiseroute gelegen, sagt Costa, als ich mich bei ihm für die Abholung bedanke. Stimmt, für die

Autobahnausfahrten und die Staus und Raststätten drum herum sind wir berühmt.

„Abfahrt, Turbolover!", schreit der Manager dem Fahrer vorne im Cockpit zu. Der Fahrer, der sich seinen Spitznamen mit einem Quickie im Cockpit des Busses verdient hat, bei dem er sich erwischen lassen hat, ist purer Luxus, ebenso wie der Nightliner selbst. Davor ist die Band in ihren eigenen Autos von Show zu Show gegondelt, während ihnen Roadies und Techniker nach dem Abbau mitten in der Nacht und auf Captagon im Transporter oder sonst wie hinterher reisten. Andererseits sind Nightliner als fahrende Todesengel verschrien. Tour-Busse ziehen das Unglück an wie Magneten, jeder Rockfan kennt die Geschichten. Cliff Burton, der Bassist von Metallica, stirbt bei einem Unfall in Schweden. Er wird dabei aus dem Fenster des Busses geschleudert, der ihn anschließend unter sich begräbt. Randy Rhoads, der begnadete Gitarrist von Ozzy Osbourne, stirbt, als der vermutlich mit Drogen zugedröhnte Fahrer ihn in seinem kleinen Privatflieger mitnimmt und sie sich einen Spaß mit der Band machen wollen. Mit ungültigem Pilotenschein, heißt es. Sie wollen Ozzy und die restlichen Bandmitglieder, die friedlich im geparkten Tour-Bus schlafen, mit Weltkriegsangriffs-Überflügen wecken, der Pilot kommt dabei aber zu tief und streift mit einer Tragfläche das Dach des Busses. Die Tragfläche reißt ab – das Flugzeug streift ein paar Bäume und donnert in eine dahinter liegende Garage, wo es explodiert. Randy und die Insassen sterben.

Der Orca setzt sich schwerfällig in Bewegung und die Fliegen laufen ihm zum Abschied noch ein Stück hinterher, bis er ins geteerte Meer vor sich eintauchen kann und ihren Blicken entschwindet. Von meinem Platz aus kann ich das gesamte Geschehen im Bus überblicken.

„Beschreiben Sie doch die Menschen im Bus. Haben Sie die auch alle als Fliegen wahrgenommen?"

„Nein, keine Fliegen."

„Wer hat Sie im Bus denn am meisten beeindruckt?"

Costa, was das Geschäftliche angeht. Er erteilt mir schon vor der Abfahrt Anweisungen darüber, wie ich mit Ludger, dem charismatischen aber schwierigen Sänger, umzugehen habe. Der ist erst seit kurzer Zeit Mitglied der Band, aber auch der Grund dafür, weshalb wir jetzt alle hier im Bus sitzen dürfen. Mit Ludger ist auf Anhieb der von Marschall, dem Gitarristen, heiß ersehnte Erfolg gekommen. Costa schwört mich darauf ein, Ludger so wenig wie möglich anzusprechen, am besten soll ich ihn auch nicht direkt ansehen, weil Ludger das als irritierend empfinden könnte. Er fühlt sich schnell beobachtet und das macht ihn schwer aggressiv.

Ich verstehe sofort, was der Manager gemeint hat, als ich Ludger bei der Tourvorbereitung kennenlerne. So einen Menschen habe ich bis dahin noch nie getroffen. Er ist ein schmaler Typ, seine Sehnen spannen sich gut sichtbar unter einer papierdünnen Hautoberfläche, fettige Haare hängen strähnig und kraftlos neben einem langen Gesicht mit einem viel zu kleinen, knochigen Kinn herunter. Es kommt oft zum Streit mit dem erfolgsgetriebenen Marschall, für den Optik eine große Rolle spielt.

„Wenn du Rockstar sein willst, dann zieh dich verdammt nochmal auch so an wie einer. Niemand will den Jungen von nebenan auf der Bühne sehen!", raunzt er Ludger an.

„Ich will kein Rockstar sein. Ich bin Künstler, aber davon verstehst du nichts", entgegnet ihm Ludger.

Als ich bei der Bandprobe zum ersten Mal seine Stimme höre, traue ich meinen Ohren fast nicht. Das ist es, was plötzlich so viele

Menschen magnetisiert und zu den Auftritten der Band zieht! Seit ich Ludger kennengelernt habe, habe ich, wie von Costa angeraten, kaum zehn Worte mit ihm gewechselt. Er zieht sich ständig zurück und schreibt wie besessen in eine Kladde.

„Erzählen Sie, wie es sich für Sie anfühlte, das erste Mal weg von Zuhause zu sein."

Als wir die Autobahneinfahrt erreichen ruft uns Costa zusammen und stellt uns gegenseitig vor.

„Ihr alle seht, das Label hat sich nicht lumpen lassen!", sagt Costa.

Die ersten Verkaufszahlen des Debutalbums waren sehr zufriedenstellend und man setzt seitens des Labels große Hoffnung in die Tour, fährt er fort. So ein prächtiger Bus sei keine Selbstverständlichkeit, falls das jemand hier drin denke. Um Missverständnissen und Staralüren vorzubeugen, erwähnt er auch, dass der Band die Kosten für den rollenden Luxus von den Einnahmen aus ihren Plattenverkäufen abgezogen werden.

„Und alles, was ihr hier ankokelt oder zertrümmert, wird euch übrigens auch abgezogen."

Costa hat eine natürliche Autorität und ist dabei nicht unsympathisch. Im Gegenteil. Er wirkt zugänglich und verständnisvoll, fast schon väterlich, er ist etwas älter als wir. Und es scheint, als verstünde er etwas von seinem Handwerk. Ich greife mir nach seiner Ansprache ein Mineralwasser, zugegebenermaßen auch, um mich bei Costa nicht gleich unbeliebt zu machen, während sich die Jungs von Black Box augenblicklich dem Alkohol- und Cannabisgenuss hingeben.

„Wenigstens einer, der sich hier professionell verhält."

Costa greift sich an die Glatze, als raufe er sich nicht vorhandene Haare. Ich genieße ab sofort jeden einzelnen Meter, jeden Zentimeter Abstand, den der Nightliner zwischen mich und mein Zuhause legt.

Nach ein paar Stunden Fahrt erreichen wir die erste Großstadt, in der Black Box heute Abend in einem sehr bekannten Szene-Club auftreten soll. Man erwartet um die eintausend Zuschauer, der Vorverkauf lief gut, der Veranstalter hat seine Hausaufgaben professionell gemacht. Bereits in den Vorstadtvierteln sehen wir am Straßenrand gut sichtbar montiert Tour-Plakate der Band. Wir erreichen den Club sehr früh. Mit einem erschöpften Ächzen, als sei er sich seines letzten Atemzugs für heute bewusst, biegt der Nightliner-Bus auf den Parkplatz auf der Rückseite des Clubs ein, wo Turbolover ihn für die Nacht bereit macht. Ich gehe gleich an die Arbeit, lade mit der Hilfe einiger vom Club angeheuerter Stagehands zügig die Instrumente und Verstärker aus und baue sie gemäß der Anweisung der Musiker auf der Bühne auf. Unser Tontechniker macht sich währenddessen mit der Clubanlage vertraut und spielt mit dem Lichtpult herum. Nach dem Soundcheck haben wir noch viel Zeit bis zum Auftritt.

„Wusste schon Frank Sinatra: Du wirst als Musiker nicht für das Musikmachen bezahlt, sondern für das Warten. Stimmt´s Roadie?"

In der Nähe des Clubs liegen riesige Frachter und Passagierschiffe laufen ein und aus, wir haben am nächsten Morgen Zeit, sie von einer Plattform aus zu bestaunen. Costa spendiert der ganzen Mannschaft eine Runde Fischbrötchen, ein spätes Frühstück. Für mich ist es das erste Mal, dass ich an einem großen Hafen stehe und das erste Mal seit langer Zeit, dass ich glücklich bin. Eine herrlich feuchtkalte Brise weht mir in das provinzielle Gesicht und meine Haare flattern im Wind, wie die Fahne eines Unabhängigkeitskämpfers auf den alten Kampfschriften. Mit meiner billigen Sonnenbrille von einem Souvenirverkaufsstand fühle ich mich meinem Ziel ein gutes Stück näher.

„Kam es auf der Tour, in so einem engen Bus, mit der Zeit nicht zu Konflikten untereinander?"

Eine so lange Tour ist auch für die Band eine neue Erfahrung. Noch vor nicht langer Zeit, bevor Ludger dazu kam, war Black Box eine namenlose Band von vielen. Für die Veröffentlichung ihres Songs auf einem unbedeutenden Sampler mussten sie sogar bares Geld hinlegen. Immerhin hatte man damit so etwas wie ein luxuriöses Demotape vorzuzeigen und Marschall reicht es zu einem attraktiven Nachwuchswettbewerb bei dem marktführenden Rock-Fanzine ein. Dessen Jury wählt insgesamt fünf Bands für einen Liveauftritt vor Publikum aus. Black Box ist dabei. Das wichtigste Jurymitglied ist der A&R eines kleinen aber exquisiten Labels, der hier teilnimmt, weil er noch unbekannte Bands für das Label zu entdecken und günstig unter Vertrag zu nehmen hofft. Marschall singt und spielt bei diesem Showcase um sein Leben und Black Box gewinnt den ersten Preis. Und erhält den ersehnten Plattenvertrag. Die Band ist zu überrascht von ihrem eigenen Erfolg um sich zu wundern. Der Plan des A&R, Norman, geht auf, als er Black Box einige Songs im Studio produzieren lässt, die als Mini-LP veröffentlicht werden und gute Kritiken erhalten. Die Band wird sofort nach dem Erscheinen der Mini-LP auf eine kurze, kraftraubende Clubtour geschickt, bei der sich andeutet, dass Marschall an seine Grenzen stößt und seine Frontmannqualitäten als Sänger und Gitarrist nicht ausreichen. Norman, der A&R, glaubt an das musikalische Potenzial der Band, beobachtet Marschalls Entwicklung aber genau.

„Marschall, dein Songwriting ist einfach unglaublich und dein Talent als Gitarrist steht ganz außer Frage. Ganz groß. Und ich sage dir was, du solltest deine ganze Energie in diese beiden großen Talente von dir investieren!", schmeichelt ihm Norman, der so etwas nicht zum ersten Mal regelt. „Wir holen uns jemanden dazu, was meinst du? Lass mich euch da mal einen Vorschlag machen. Neulich habe ich mir eine furchtbare Band angesehen. Aber ihr Sänger, das wird der nächste Morrison! Den solltet ihr euch schnappen, Leute!"

„Erst seit ein paar Wochen auf Tour und eine Stimmung wie bei Guns n´ Roses!", beschwert sich Costa. „Izzy und Axl für Arme."

Er bemüht sich sehr, die zwischenmenschlichen Konflikte im Keim zu ersticken, aber es gelingt ihm immer seltener. Richard, der Bassist, den alle Rick´n´Backer nennen, ist ein sehr ausgeglichener Typ, der sich mit Meditation und autogenem Training befasst. Sein sanftmütiges Wesen strahlt auf die anderen aus und trägt manchmal dazu bei, die beiden Hitzköpfe Ludger und Marschall zu beruhigen. Rick´n´Backer schafft es auch am besten von allen, mit ihnen umzugehen, und ohne ihn als Mediator würde die neue Bandkonstellation ruck-zuck auseinanderfliegen. Die schlechte Stimmung im Bus lassen die beiden Kampfhähne auch an mir und dem Tontechniker aus, der sich seit Tagen beleidigt zurückzieht und den Umgang mit den Jungs meidet. Ich bin härter im Nehmen, was ihre stressbedingten Beschimpfungen angeht, aber die Enge macht auch mir zu schaffen. Ich bin es auch nicht gewohnt, rund um die Uhr Menschen um mich zu haben. Die kleine Schlafkoje wirkt, wenn man drin liegt, wie ein fahrender Sarg. Im Unterschied zu meinem ähnlich klein geschnittenen Zimmer bei meinem Vater ist es im Bus laut, denn nur ein dünner Vorhang trennt mich von Geschlechtsverkehr, Übungstrommeln und -gezupfe, Gefurze, Schnarchen und vielen weiteren Geräuschen, die Menschen von sich geben können. Kurz: Das eingepfercht sein und der monotone Tagesablauf machen einen wahnsinnig. Alkohol und Cannabis betäuben und dämpfen leider nur kurzfristig. Manchmal sehe ich von meinem Platz aus Marschall mit seinen Fingern spielen. Und sprechen. Oder besser gesagt, er spielt und spricht mit seiner linken Hand, dreht sie, knickt die Finger ab, lässt sie zappeln. Ich versuche, wegzuschauen. Irgendein Gitarristen-Ding. Oder die Pilze. Oder sonst eine Droge, denke ich. Ok, er spielt mit seiner eigenen Hand wie mit einer Handpuppe, einem imaginären Fingerfreund. Das ist alles.

„Wie kamen Sie mit dem Drogenkonsum zurecht?"
„Ich trank und rauchte viel. Manchmal auch Cannabis zur Entspannung."
„Hatten Sie viel Sex zu der Zeit?"
„Nein. Das Vorbild meines Vaters hat mir den lange verdorben. Mein Erzeuger hat sich sehr ungezwungen in seinem Haus ausgelebt und das einzige Gebiet, auf dem er aktiv Erziehungsarbeit leisten wollte, war das, wo es um die Männlichkeit seines Nachwuchses ging. Schon sehr früh hat er mich traktiert mit Vorschlägen, wie ich mich Mädchen nähern sollte, die er genauso konsequent Schlampen, Nutten und Schlimmeres nannte wie mich Weichei. Und zudem war ich damals, obwohl mir das Roadietum schon ein bisschen mehr Kontur gab, nicht der Typ, auf den Mädchen fliegen."

„Und wann hatten Sie dann das erste Mal wirklich Kontakt mit Mädchen? Also Geschlechtsverkehr?"

„Mein erstes Mal war an meinem achtzehnten Geburtstag."

„Bitte erzählen Sie."

Wir sind irgendwann in dieser mittleren Großstadt angelandet, in der es einem kaum gelingt, sich die Zeit mit dem Ansehen von Sehenswürdigkeiten zu vertreiben. Trotzdem geht jeder nach dem Aufbau und dem Soundcheck seiner eigenen Wege, bis wir uns kurz vor dem Konzert wieder versammeln. Ich habe Kopfschmerzen und verlasse das Kino, in das ich mich gerettet habe, frühzeitig. Die Schmerzen, die mich schon seit dem Aufwachen plagen, gehen gerade in eine heftige Migräne über, als ich den kleinen Club am Stadtrand erreiche. Costa teilt mir gleich mit, dass das Konzert sehr wahrscheinlich schlecht besucht sein wird. Da ich bisher keine Plakate am Straßenrand hier draußen, aber auch keine in der Innenstadt, am Kino oder sonst wo entdecken können habe, glaube ich ihm das sofort.

Nach dem unspektakulären Auftritt, den die Band lieblos und gelangweilt vor einem kleinen und trägen Publikum abgespult hat, setze ich mich an die Bar, um meine Migräne in stillem Wasser zu ertränken. Leider hat der Veranstalter eine in der Stadt sehr beliebte, aber auch sehr untalentierte Coverband engagiert, die nach Black Box ihren Auftritt hat. Eine wunderbare Idee, die er wahrscheinlich erst nach dem schleppenden Vorverkauf für Black Box hatte, um ein paar mehr zahlende Stammgäste in den Club zu ziehen.

Eine rothaarige weibliche Fliege steckt mir ihren Leckrüssel tief ins Ohr, was sich anfühlt wie ein rostiger Nagel, der sich quer durch mein Gehirn bohrt.

„Gehörst du zur Band?"

Diese verdammte Migräne!

„Ja."

„Sieht man gleich. Ganz schön viele Muskeln hast du da."

Ich bemerke, dass sie ziemlich betrunken ist, als sie mir eines ihrer beiden gerade bestellten Biere herüberschiebt. Wir unterhalten uns gegen die Coverband anschreiend über Belangloses, wobei ich mich für die nette Gesellschaft immer wieder mit Tequila revanchiere, den sie sich wünscht und der mich kurzfristig sogar den Schmerz in meinem Kopf vergessen lässt. Sie gefällt mir, sehr sogar. Nach einer Weile sind wir beide sturzbetrunken, während die unsägliche Coverband einen guten Song nach dem anderen verhunzt. Immer wieder versucht die Fliege sich mit ihrem Leckrüssel zwischen meinen Beinen anzusaugen. Mein Gesichtsfeld ist durch den vielen Alkohol schwer eingeschränkt und ich sehe mehr als nur einen Rüssel immer wieder auf mich zu schnellen. Wie ein Karatekämpfer, aber sehr unkontrolliert, wehre ich ihre Versuche ab. Nach einigen Minuten dieses Spiels ist sie es leid und schwirrt beleidigt und leicht unsicher auf den Beinen auf die Tanzfläche des Clubs ab, um sich unter den dort feiernden, ebenfalls stark alkoholisierten, Motto-Shirts tragenden Fliegenschwarm zu mischen. Sie grölen alle Refrains der völlig entstellt dargebotenen Klassiker mit.

„Na? Besser mal Wasser ab jetzt."

Der Barmann stellt mir einen bis zum Rand mit Wasser gefüllten Bierkrug hin.

„Dankeschön", lalle ich mir an den Kopf greifend zurück.

Die Migräne ist wieder voll da oder sogar stärker als zuvor. So, als würde sie aus Angst zu ertrinken, panisch in meinem Kopf umherspringen und dabei mit ihren Stiefelspitzen mit aller Kraft gegen meine Schädeldecke treten. Zu allem Überfluss erhöht sich der Lärmpegel plötzlich merklich. Als ich vorsichtig den Kopf in Richtung Tanzfläche drehe, sehe ich zwischen den grölenden und pfeifenden Fliegen auf der Tanzfläche die Rothaarige knien, vor dem Geburtstagskind, ihren Leckrüssel an dessen entblößtem Geschlechtsteil angesaugt. Ich halte diesen Anblick nicht aus und wuchte mich aus meiner Ecke. Ich zerre die Rothaarfliege an ihren Flügeln bis auf den für die Band abgesperrten Clubparkplatz hinter unserem Nightliner, der mit einem hohen und mit Planen bezogenen Sichtschutzgitter umgeben ist. Die frische Luft veranlasst meine Migräne, sich wofür auch immer zu rächen. Ihr müssen inzwischen zehn Beine mehr gewachsen sein, so wie sie gerade meinen Schädel mit ihren Nagelschuhen bearbeitet.

„Was soll das?! Lass mich los!"

„Was sollte denn das da drinnen gerade?!"

„Du wolltest ja nicht, du schwules Weichei!"

So stark meine Migräne auch ist, der aufsteigende Zorn ist stärker. Ich ziehe die Fliege eng an mich heran und starre dabei momentelang in ihre Facettenaugen, dann stoße ich sie in ein Pflanzenbeet am Parkplatzrand. Sie verheddert sich im Gestrüpp.

„Du solltest jetzt besser verschwinden. Und lass dich hier nicht wieder blicken, sonst vergesse ich mich."

Sie rappelt sich auf und spuckt mir vor die Füße, bevor sie fluchend und torkelnd durch das Absperrgitter davonschwirrt.

„Wo ist denn deine rothaarige Freundin?"

Der Barkeeper zwinkert mir grinsend zu, als er mir das gewünschte Wasser reicht.

„Hat sich verzogen. Hab ihr gesagt, sie soll sich hier nicht wieder blicken lassen."

Der Barmann hebt die Augenbrauen an.

„Das wird die nicht sonderlich beeindrucken. Ist bestimmt vom Straßenstrich, aus Rumänien oder so."

Er hat sie schon seit ein paar Tagen im Club abhängen sehen, vermutlich um Kunden zu akquirieren. Das Geschäft sei aber anscheinend schlecht gelaufen. Den Typen auf der Tanzfläche hätte sie gerade für einen Zwanni beglücken wollen.

„Ein Geburtstagsgeschenk seiner Kumpel. Haben sie mir gerade stolz erzählt."

„Hoffentlich bekomme ich jetzt keinen Ärger mit ihrem Beschützer", hake ich nach.

Das glaubt er nicht.

„Solche Ladies arbeiten meistens auf eigene Rechnung. Ich war mal in der Szene unterwegs", antwortet er mir.

Ich gebe ihm ein gutes Trinkgeld und gehe in die Umkleidekabine, um die Jungs in den Bus zu schaffen. Sie sind, wie der Manager und Tontechniker, bis an die Grenze der Bewusstlosigkeit betrunken. Ich bitte ein paar Stagehands mir zu helfen, alle in ihre Schlafkojen im Bus zu schaffen.

„Ist ja prima! Jetzt fängt auch noch der Manager dieses Irrenhauses mit der Sauferei an!"

Turbolover schüttelt den Kopf.

„Abfahrt, Turbolover, wir haben heute noch ein Stück vor uns!", schreit es aus einer Koje.

Applaus reißt mich aus dem Schlaf.

Als ich todmüde an der Sitzecke ankomme, klärt mich Costa über den Anlass auf. Er hat allen ein Hotelzimmer am nächsten Auftrittsort gebucht. Einzelzimmer. Das hätten wir jetzt nach diesen anstrengenden zwei Monaten nötig. Vor allem unsere zwei Kampfhähne Marschall und Ludger. Das perfekte Geburtstagsgeschenk zu meinem Achtzehnten, denke ich. Ich war noch nie zuvor in einem Hotel. Wir erreichen unser Ziel noch am frühen Vormittag, Costa checkt uns ein und überreicht uns die Zimmerschlüssel.

„Okay, Herrschaften. Da der nächste Auftritt erst morgen Abend stattfindet, wünsche ich allen eine erholsame Zeit, wo auch immer ihr die verbringen werdet."

Er wolle keinen Fernseher an seinem Zimmerfenster vorbeifliegen sehen oder zu einem Zimmerbrand gerufen werden.

„Jetzt noch kurz das Wichtigste: Die Tour wird verlängert."

Gleich der nächste Auftritt wird ein ganz besonderer. Black Box soll laut dem neuen Tourplan auf einem der ganz großen Open Air Festivals spielen. Weil sich das Debutalbum so gut verkauft, hat das kleine Label der Jungs eine Anfrage eines großen Labels erhalten. Diese Major Company denke darüber nach, die Band aus ihrem laufenden Vertrag herauszukaufen und deshalb wollten sich die verantwortlichen Produktmanager auf dem Festival persönlich einen Eindruck von den Livequalitäten der Band abholen. Auch der international bekannte A&R des großen Labels wird da sein, ein echtes Trüffelschwein der Szene, der offen schwul in der eigentlich sexistischen und homophoben Rockerwelt lebt. Das Bekenntnis zu seiner Homosexualität bewirkt paradoxerweise, dass ihm sämtliche Musiker großen Respekt zollen.

„Wir reden hier also über einen äußerst wichtigen Showcase. So, jetzt aber weg mit euch!"

Meinen achtzehnten Geburtstag möchte ich unbedingt alleine im Hotel verbringen, um die fremde Atmosphäre ganz auszukosten. Als erstes gönne ich mir ein Taxi, das mich in die Innenstadt bringt. Dort kaufe ich mir ein edles Parfum und leiste mir einen Friseurtermin. Als ich mich auf den Rückweg zum Hotel machen will, entdecke ich einen kleinen Tattooladen. Ich erkläre und skizziere dem Tätowierer das Motiv, das ich gerne auf den linken Oberarm gestochen hätte. Er ist gut, versteht sofort und fertigt eine Vorlage an, die mir gefällt. Er arbeitet ruhig und konzentriert und so auf den Punkt, dass endlich der Schmerz aus meinem immer noch wie schwer zersplitterten Schädel verschwindet.

„So, fertig."

Der Tätowierer drückt mir einen Spiegel in die Hand.

„Perfekt."

Das Tattoo wird eingecremt und mit einer durchsichtigen Plastikfolie bedeckt.

„Dachte schon, du willst dir das Band-Logo von deinem Shirt stechen lassen. Black Box ist eine echt gute Band. Die Scheibe von denen ist der Hammer. Sehe ich mir morgen live an. Du auch?"

Ich schaue mir nochmal das Tattoo im Spiegel an. Ein schwarz-weißer Mond mit seiner typischen Kraterlandschaft. Darunter ein geschwungener Schriftzug, ebenfalls in Schwarz und Weiß: Moonchild.

„Ja, ich auch. Hundertprozentig. Danke, klasse Job."

Im Hotel angekommen gehe ich in die Bar, in der, für meine Ohren mittlerweile ungewohnt, leise atmosphärische Musik gespielt wird.

„Was darf es sein?"

Ich bestelle eine Flasche Champagner, wie ich es in vielen Filmen gesehen habe.

„Den Besten, den Sie haben."

„Sehr gerne, der Herr."

Der Herr, ja, genau. Der Herr ist jetzt erwachsen, denke ich und mustere verstohlen die an kleinen Tischen und in Ledersesseln in Gruppen zusammensitzenden Fliegen aus dem Augenwinkel, die ihrerseits ihre Rüssel in meine Richtung ausfahren.

„Bitteschön, der Herr."

Elegant lässt der Barmann den Korken aus der Flasche gleiten, der ein nebeliger Hauch Luxus entweicht, als er sich mit einem leise zischenden Geräusch vom Flaschenhals trennt. Mit einem gekonnten Dreh am Schluss lässt der Kellner den perlenden Champagner in mein Glas strömen. Er stellt die Flasche in ein eisgekühltes Gefäß vor mir.

„Zum Wohlsein."

Ich bitte ihn um ein Telefon, nehme einen großen Schluck und wähle die Nummer meines Vaters.

„Hallo?"

„Ich bin es, Vater."

„Ah, der werte Herr Sohn meldet sich auch mal wieder! Muss ich dich aus dem Knast abholen oder brauchst du Kohle, Weichei?"

Kein Wort zu meinem Geburtstag heute.

„Vater, hör jetzt gut zu, denn das wird das letzte Mal sein, dass ich mit dir rede. Ich komme nicht mehr zurück. Ich informiere dich nur, vielleicht weißt du ja, dass ich jetzt volljährig bin. Ich werde nicht mehr zur Schule gehen." Dann lege ich auf.

„Soso, Moonchild!"

Ich hätte doch ein langärmeliges Hemd kaufen sollen, denke ich, als ich die Stimme neben mir höre, die meinen genussvollen Abend stört.

„Guck nicht so, es war gar nicht schwer dich zu finden", sagt die attraktive Rothaarige, als sie neben mir Platz nimmt, und zieht einen Flunsch. Es fühlt sich an wie ein Déjà-vu.

„Bekomme ich auch ein Gläschen?"

Ich nicke dem Barmann zu.

„Bitte sehr, die Dame."

Die Dame. Wenn der wüsste.

„Die kurze oder die lange Version?", fragt sie, nachdem sie das Getränk gekostet hat.

„Die kurze, bitte", antworte ich.

Sie nickt und beginnt im Zeitraffer zu erzählen.

„Mietrückstände gehabt, in den Club gegangen, Typen aufreißen und ausnehmen wollen, bei allen Typen abgeblitzt, mich aus Frust besoffen, dich kennengelernt, auch bei dir abgeblitzt, auf der Tanzfläche komplett daneben benommen, von dir aus dem Club geworfen worden, Tourplan von Black Box gecheckt, der Band nachgereist. – Et voilà: hier bin ich!"

„Mich bespucken hast du vergessen."

„Ja, tut mir leid. Deshalb bin ich ja hier. Ich wollte mich für mein unangemessenes Verhalten bei dir entschuldigen."

Aha. Was sie jetzt wirklich von mir will, frage ich.

„Im Bandbus mitfahren."

Ich schaue sie verwundert an. Irgendwo, wo es ihr gefällt und wo sie sich ein neues Leben aufbauen kann, will sie dann wieder aussteigen. Das könne zwar ein wenig dauern, aber nicht allzu lange, und wir wären sie wieder los.

„Du bist meine einzige Hoffnung, rauszukommen und neu anzufangen. Ich bin pleite und obdachlos, Moonchild."

Ich mache ihr klar, dass ich das als Roadie nicht entscheiden kann.

„Du schaffst das schon, Roadie. Bist ja kein Weichei."

Sie rammt mir ihren Ellenbogen in die Seite.

„Edel, edel!"

Costa ist von seinem Ausgang zurück. Er nickt dem Barmann zu, der ihm umgehend ein Glas meines Champagners reicht.

„Was habt ihr beiden Süßen denn zu feiern?"

„Ein unverhofftes Wiedersehen", antwortet die Rothaarige.

Ich frage Costa, ob ihm mein Champagner denn auch schmeckt, von dem er sich so selbstverständlich und ohne zu fragen bedient. Ich soll mich nicht so anstellen, bekomme ich als Antwort.

„Apropos nicht so anstellen, Costa."

Ich erzähle ihm, dass mein Rendezvous uns ein Stück begleiten möchte. Sie stecke gerade in einer schwierigen Lebensphase. Costa zeigt sich von ihrer Idee wenig begeistert.

„Das ist nichts für Ladies."

Es sei sehr eng in so einem Bus, es stinke nach Männerschweiß, das Benehmen einiger Herren ließe zu wünschen übrig und überhaupt seien Frauen, die länger als eine Nacht blieben, an Bord tabu. Freundinnen der Bandmitglieder kämen bei ihm ja schon gar nicht in den Bus. Spätestens seit Yoko Ono sei klar, wohin das führt. Er fährt sich bei seinen Erklärungen immer wieder durch die nicht vorhandenen Haare.

„Komm schon, Costa."

Die Rothaarige setzt einen Katzenbabyblick ein und gewinnt.

„Herrgott nochmal!"

Der weichherzige Grieche in ihm übernimmt die Kontrolle.

„Wenn der Roadie seine lächerlich kleine Schlafkoje mit dir teilen will, bitteschön!"

Costa greift jetzt selbst zur Flasche, schenkt sich den letzten Rest des Champagners ein und kippt ihn unfein herunter wie Wasser.

„So, dann lasse ich mal die beiden Turteltäubchen wieder allein."

Als er sich von der Rothaarigen verabschiedet, gibt sie ihm einen Kuss auf die im Barlicht funkelnde Glatze.

„Und wo übernachtest du eigentlich heute?", frage ich sie, als wir wieder unter uns sind.

„Na, bei dir, Moonchild. Zum Probeschlafen."

Obwohl ich niemandem, auch ihr nicht, verraten habe, dass ich Geburtstag habe, bekomme ich in dieser Nacht noch ein ebenso unverhofftes wie unvergessliches Geschenk.

„Gut, dann machen wir Schluss für heute."
Wir verabschieden uns.

DER ERSTE TRAUM

Ich stehe mit der rothaarigen Fliege auf dem Parkplatz des Clubs, in dem wir uns kennengelernt haben. Sie schreit mich an.

„Du wolltest ja nicht, du schwules Weichei!"

Ich höre eine flüsternde Stimme.

„Die kleine rothaarige Nutte gefällt dir, was? Sie wird dich verlassen, wie deine Mutter auch. Was für ein Schwächling, lässt sich von einer kleinen Stricherin beschimpfen. Sie hat so Recht, Weichei! Du bist ein erbärmlicher Jammerlappen! Und du bist auch eine Dreckstunte, die sich von jedem in den Arsch ficken lässt, wenn du dir sowas gefallen lässt!"

Ich ziehe die rothaarige Fliege eng an mich und starre dabei in ihre Facettenaugen. Dann stoße ich sie wieder heftig von mir weg und sie fällt mit ihrem Hinterkopf auf die Ecke eines Betonsteins, in dem das Absperrgitter verankert ist. Ich gehe zu ihr und trete nach ihrem Kopf, immer und immer wieder, bis ihr eine breiige Masse aus der deformierten Fliegenfresse läuft. Sie bewegt sich nicht mehr. Nicht ein Flügel oder Bein zuckt mehr. Ich öffne die Ladeklappe und hebe sie in den vierundzwanzig Zoll großen Bassdrum-Ersatzkoffer, in den der zierliche Körper gerade so hineinpasst. Ich verschließe die Ladeklappe und hole tief Luft.

Selbst schuld, du Nutte, denke ich. Niemand nennt mich ungestraft ein Weichei. Ich fühle mich erleichtert, sogar befriedigt, und betrete lockeren Schrittes die Umkleidekabine der Band. Ein komplett nacktes Groupie liegt dort bäuchlings in der Mitte des Raumes und in ihren beiden Unterleibsöffnungen stecken Bingos Drumsticks. Die Band, Costa und der Tontechniker sitzen im Kreis um das Mädchen herum und lachen. Ich wache schweißgebadet auf und kratze mich, bis mein Gesicht blutet.

Kapitel 3

„Geht es Ihnen gut? Sie sehen angeschlagen aus."

„Schlecht geschlafen."

„Schlecht geträumt?"

„Nein."

„Ich kann Ihnen heute ein Schlafmittel mitgeben. Das hilft Ihnen."

„Haben Sie auch LSD?"

„Nein. Aber wir können das gerne zu einem späteren Zeitpunkt einmal besprechen. Für eine LSD-Gabe müssten wir uns nämlich für eine gesonderte Therapie verabreden. Bitteschön."

Sie übergibt mir eine Schlaftablette.

„Danke", sage ich.

Dass ich nicht vorhabe, die Tablette zu nehmen, muss die Frau Doktor ja nicht wissen.

„Sie haben sich also in die Rothaarige verliebt. Wie ging es mit Ihnen beiden weiter?"

Am nächsten Tag hämmert Costa an unseren Türen und reißt uns schon am frühen Morgen aus dem Schlaf.

„Könnt ihr euch bei eurem beknackten Drummer bedanken, dass das Frühstück ausfällt. Den holen wir jetzt erstmal aus dem Sicherheitsgewahrsam ab."

„Rock'n'Roll!", flüstert die Rothaarige, als wir uns aus dem Bett quälen.

Bei seinem Ausgang ist Bingo in einer kleinen Kneipe eingelaufen. Dort machen sich die alten Männer über seinen halbrasierten Schädel lustig: Auf einer Seite trägt er langes, glattes Haar, auf der anderen ist er in einem scharfen Scheitelzug bis auf die Kopfhaut rasiert. Bingo ignoriert die Kommentare wohl ein kleines Weilchen, dann aber wirft er einem der Lästerer einen schweren Aschenbecher an den Kopf. Kurz darauf wird er in Handschellen von zwei Polizisten aus der Kneipe abgeführt.

Als ich mit der Rothaarigen in den Bus einsteige, ahmen die Jungs zur Begrüßung ein Stehgeiger-Orchester nach.

„Moooooonchiiiiiiild!"

Marschall und die anderen haben mein Tattoo entdeckt. Außer Ludger, der entzieht sich allem.

„Was machst du und wo siehst du dich in fünf Jahren?", erkundigt sich Marschall mit gespielter Belustigung bei unserer neuen, rothaarigen Begleitung.

„Euch auf die Nerven gehen, und in fünf Jahren bin ich eure Managerin", kontert sie.

„Abfahrt, Turbolover!"

Costa ist sichtlich verärgert, weil er sein Frühstück verpasst hat und nimmt sich von Turbolover eine Tasse Kaffee aus dessen Thermoskanne. Danach, mit dem Becher in der Hand, beginnt er eine ernste Ansprache.

„Herrschaften, heute ist ein wichtiger Tag. Wir können heute Bandgeschichte schreiben. Dieses Open Air heute kann alles verändern. Bitte haltet euch bis nach dem Auftritt zurück mit alkoholischen Getränken und so weiter!"

Costa hat eine große Auflage Tour-Shirts drucken lassen, die bereits an das Festivalgelände geliefert worden sind.

„Moonchild, deine Begleitung könnte sich am Verkaufsstand nützlich machen."

Die Rothaarige willigt ein.

„Mach ich gern, Kojak!"

Der Grieche zieht die Augenbrauen hoch und muss selbst über seinen neuen Spitznamen lachen.

„Ach, Kojak! Aus der alten Krimiserie, 'Einsatz in Manhattan', die habe ich geliebt! Griechische Abstammung und Glatze, das war der Chefpolizist. Immer diesen Lolli im Mund, um sich das Rauchen abzugewöhnen! Ein treffender Spitzname für den Mann."
„Ja. Costa mochte den Namen auch. Er war sofort für alle nur noch Kojak."

Die Rothaarige nimmt ihre Aufgabe als Verkäuferin am Merchandise-Stand der Band ernst. Sie zieht sich einen Hauch von Nichts an, in dem ihre gute Figur perfekt zur Geltung kommt. „Die weiß, wie man verkauft!", frohlockt Kojak und fragt, ob sie denn auch rechnen kann. Sie bejaht das und er händigt ihr vertrauensvoll die Kasse aus.

„Rock'n'Roll!"

Ich erwidere ihren Gruß bevor ich mich hinter die Bühne begebe. In dem kleinen Backstage-Dorf mit Imbissbuden, Getränkeständen, Spielautomaten und allem, was einem das Warten sonst noch kurzweilig macht, setze ich mich in ein Lounge-Sofa und beobachte das Geschehen. Ich bin auf den Headliner des Abends gespannt. Die Band ist als Juke-Box-Hero der frühen 80er immer noch ein gutes Zugpferd für das Festival und hat schon auf so ziemlich jeder Bühne des Planeten gespielt. Leider geht es gerade mit ihrer Karriere bergab, ihre Musik ist längst nicht mehr so angesagt wie früher. Der Geschmack der Fans hat sich gegen sie gewendet, wie gegen so viele kommerziell erfolgreiche Bands von früher. Viele der einstigen Größen, die ihren Zenit überschritten haben, arbeiten an ihrem schleichenden Abgang aktiv mit. Sie sind satt geworden, musikalisch stehen geblieben. Routiniert und eitel spielen sie ihre bewährten melodiösen Hard-Rock-Evergreens. Ansonsten überlassen sie ihr Schicksal einem Management, das sie jahrelang scheinbar verwöhnt, irgendwann aber leergelutscht hat und fallen lässt. Die Vorbilder von früher verkommen im schlimmsten Fall zu würdelosen Attraktionen auf Kleinstadtfesten. Nur noch treue „die-hard"-Fans reisen ihnen nach.

Black Box, eigentlich die Vorgruppe des Abends, spielt den Headliner locker an die Wand. Die Herren der großen Plattenfirma ziehen sich mit Kojak danach zurück und sie besprechen letzte Vertragsdetails. Entwürfe waren schon in den letzten beiden Tagen hin und her gefaxt worden. Unser Hotelaufenthalt war weniger ein Geschenk an die Band gewesen, sondern hatte Kojak die Gelegenheit dazu gegeben, zahlreiche heiße Telefonate mit dem Label diesbezüglich zu führen und noch vor dem Auftritt einen unterschriftsreif formulierten Vertrag auszuarbeiten. Die beiden Produktmanager des Labels sind nach dem heutigen Abend mehr als angetan und übergeben Kojak als dem Management der Band einen vom Label signierten Vertrag, den er den Bandmitgliedern zur Unterschrift vorlegen soll. Am Tag darauf, bevor wir den Tour-Bus besteigen um zum nächsten Auftrittsort zu fahren, erledigt er das in Einzelgesprächen mit den Bandmitgliedern und sendet ein von allen unterzeichnetes Vertragsexemplar an das Label zurück.

Sie haben es geschafft. Black Box ist jetzt bei einer großen und mächtigen Plattenfirma unter Vertrag, die ihnen für die Aufnahmen ihres neuen Albums den besten Produzenten des Landes buchen wird. Die restliche Tour spielen die Jungs wie befreit, mit Seele und Herz, und eine knappe Woche nach dem Showcase findet der letzte Auftritt vor einem begeisterten Publikum statt.

Während die anderen samt Busfahrer den Tour-Abschluss und die Aussicht in den Rockolymp aufzusteigen schon begießen, beeile ich mich mit dem Beladen des Orcas. Natürlich will auch ich meinen Aufstieg feiern und nicht zu viel von der Party versäumen. Ich war jetzt Roadie der vielleicht aufregendsten Band des Landes. Auch ich habe es geschafft! An der Ladeklappe fällt mir ein, dass ich noch Rick´n´Backers Übungsbass aus dem Nightliner holen und verladen muss und bin froh, dass ich noch daran gedacht habe. Als ich mich im Bus zu Rick´n´Backers Schlafkoje durchhangle, sehe ich ihn ganz hinten sitzen. Die Fensterscheibe und die ihn umgebenden Wände und Polster sind mit blutigen Schädelsplittern und Hirnstückchen überzogen. Sein Gesicht ist nicht mehr zu erkennen. Ich schaue in einen halben, augenlosen Schädel. Ludger hat sich im Bus erschossen. Vor Ekel zitternd und fasziniert gehe ich im Schock langsam auf ihn zu. Um ihn herum liegen hunderte blutiger bedruckter Blätter verstreut. Zunächst nehme ich an, das seien die Songtextentwürfe und Gedichte Ludgers. Aber als ich ein Blatt aufhebe erkenne ich, dass es ein Teil des Vertrags mit der neuen Plattenfirma ist. Ein Zettel, auf den Ludger mit einem fetten schwarzen Filzstift und mit riesigen Buchstaben etwas geschrieben hat, liegt ebenfalls da.

„Was stand da drauf?"

„ ‚Nicht mit mir, ihr Wichser!' "

Während die Polizei den Tatort absperrt, stehen wir alle fassungslos vor dem Bus. Die Presse ist auch da und Blitzlicht erhellt diese für den Rock'n'Roll so dunkle Nacht. Kojak heult Rotz und Wasser, wir anderen heulen auch. Als die Journalisten beginnen uns mit Fragen zu bedrängen, werden wir an einen anderen Ort verbracht und es folgen endlose Verhöre. Die Medien überschlagen sich, Fans treffen sich zu spontanen Events, um gemeinsam Ludgers Tod zu betrauern.

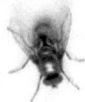

„Wirklich schrecklich."

„Nicht so schlimm für mich wie für Ludger."

„Haben Sie eine Vermutung, was er mit dem Zettel gemeint haben könnte?"

„Ja, sicher."

Dass keine Fremdeinwirkung vorliegt und es ein Selbstmord ist, steht außer Zweifel. Das Motiv ist ebenso sternenklar. Ludger hat sich von Kojak die Kopie des Vertrages geben lassen und ist über die Abtretungsklausel gestolpert, die besagt, dass mit der Unterschrift aller Mitglieder sämtliche Rechte an der Musik und den Texten in das Eigentum der Major Company übergehen, auch die der alten Songs, für die das neue Label eine horrende Ablösesumme an das alte Label zahlt. Ludger muss es unerträglich gefunden haben, dass er sich damit wortwörtlich für eine Chance auf Erfolg verkauft hat. Indem er unterzeichnet hat, ist er sich und seinen Songs untreu geworden. Kojak war einfach nur froh gewesen, als Ludger ohne Kommentar seine Unterschrift auf das Papier setzte. Vielleicht wollte Ludger die Streitereien mit Marschall ein für alle Mal beenden, war müde? Vielleicht wusste er schon längst, dass er bald sterben würde und wollte Marschall und den anderen einfach nur die Chance nicht verbauen? Die anderen Bandmitglieder hatten nicht so genau hingeschaut und unterschrieben, für sie zählte einzig die große Chance. Ludger wusste genau, was er tat, und hat sich dann wahrscheinlich selbst umso mehr angekotzt. Kojak hat das anscheinend billigend in Kauf genommen, jedenfalls hätte er es wissen müssen: Ludger war eher bereit zu sterben, als sich und seine Kunst mit Haut und Haaren an die Industrie zu verkaufen. Etwas Niederträchtigeres gab es für ihn nicht.

„Wie geht es für Sie und die Band danach weiter?"

„Die Band löste sich kurz nach Ludgers Suizid auf. Eine Zukunft ohne ihn konnten sie sich nicht vorstellen, Ludger war ihr Gesicht und ihre Stimme. Beides war jetzt für immer verloren. Totalschaden für die Band. Und enormer Profit für das neue Label, das die Rechte am Debutalbum besitzt. Das ist inzwischen Kult und eines der meist verkauften Rockalben der Geschichte."

„Kritisieren Sie die wirtschaftlichen Gepflogenheiten der Branche?"

„Der Kommerz und die Gier siegen immer. Gut, dass Ludger nicht mehr sehen kann, wie sie Puppen von ihm verkaufen und alte Demoaufnahmen auf den Markt werfen."

„Geben Sie da der Musikindustrie die Schuld? Sind die Käufer nicht wenigstens mit schuldig?"

„Die einen folgen der Gier und die anderen verhalten sich respektlos. Beide kommen zusammen in ihrer Skrupellosigkeit. Eine gute Kombination, um Geld zu verdienen."

„Was machten Sie und Ihre Freundin nachdem die Band Geschichte war?"

„Wir zogen zu ihrer Schwester. Da wollte sie eigentlich nie wieder

hin, seit sie das Kaff verlassen hatte. Es sah aber so aus, als hätten

wir keine Wahl. "

Seit Jahren vegetieren wir jetzt schon in diesem kleinen Kaff und wohnen im gleichen Haus wie die Schwester der Rothaarigen. Genauer gesagt, in dem fünfzig Quadratmeter großen Koffer, den die Schwester ihre Einliegerkellerwohnung nennt. Die Schwester der Rothaarigen lebt allein im Haus über uns und freute sich, als die Rothaarige so plötzlich wie unerwartet wieder vor ihrer Tür stand. Es kommt mir sehr bekannt vor, wie wir jetzt wohnen. Es ist zwar alles in einem viel besseren Zustand als in dem Haus meines Vaters und meinem Zimmer dort, dafür ist meine Psyche aber genauso im Absturz begriffen wie damals. Das um diesen Koffer herum aufgebaute Kaff ist sogar noch kleiner als das Dorf, in dem ich aufgewachsen bin.

Es gibt jeden Tag Kuchen. Den bringt die Schwester von ihrer Arbeitsstelle als Verkäuferin bei der einzigen Bäckerei des Ortes mit. Ich hasse Kuchen. Ich hasse die Wohnung. Ich hasse dieses Kaff. Ich hasse mich, ich hasse Ludger. So nah war ich dem Ziel gewesen und jetzt bin ich zurückgefallen und wieder auf die Gnade von Anderen angewiesen. Wir verbrauchen zu Anfang etwas von unserem Geld für Möbel, die wir in die kleine Wohnung pressen. Die Schwester lässt uns aber mietfrei wohnen. Nur deshalb bin ich auch immer nett zu ihr und ertrage ihr provinzielles Geschnatter. Die Rothaarige, inzwischen schwarz umgefärbt, schnattert eifrig mit. Als ob sie nicht schon genug Zeit verbringen miteinander, denn die Schwester hat ihr einen Springerjob in der Bäckerei besorgt. Außer Roadie und der Boxsack meines Vaters zu sein, habe ich nichts gelernt. Die Langeweile frisst mich auf. Ich trinke und rauche unkontrolliert und nicht wenig. Wenigstens haben wir irgendwann einen Computer und ein kleines Modem für einen Online-Zugang an die Telefonleitung der Schwester geklemmt, ich kann also etwas Geld verdienen. Ich greife die Idee mit dem Schwarzen Brett und den Werbekunden wieder auf, die ich verfolgt hatte, bevor ich bei Black Box in den Bus stieg. Dem Wandel der Zeiten sei Dank, denn dieses Mal verpacke ich das Anzeigenblatt in ein Online-Fanzine, in dem ich Artikel anderer Rockfanzine-Portale umschreibe und mit ebenfalls geklauten, natürlich unlizenzierten Bildern garniere. Ich habe keinerlei journalistisches Talent und es geht so einfach am schnellsten. Ich will ja auch pronto an den Joystick zurück. „Copy kills nicht nur Musik", denke ich. Mit meinen geringen HTML-Kenntnissen und einem auf dem PC vorinstallierten Satzprogramm gelingt es mir, eine ganz anständige Internetseite aufzuziehen. Stilistisch klar ein Rockfanzine, erkennbar an den dominierenden Farben Schwarz, Rot und Weiß. Abergläubisch suche ich mir dieses Mal einen anderen Namen aus. Coma hat mir doch kein Glück gebracht, finde ich. Als ich mir einen Jacky Cola mixe, immerhin schon kurz nach zwölf morgens, also nicht zu spät, fällt mein Blick auf das Logo der Markenbrause. „Das lief ja bis jetzt für euch sehr erfolgreich", denke ich und mache mich daran, ein Logo nach diesem hochwertigen Vorbild zu gestalten. Ich bin im Kopieren ein Meister meines Fachs geworden. Zufrieden füge ich das Logo in die Kopfzeile meines digitalen Fanzines ein und schalte die Seite frei. „Mögen sich User und Anzeigenkunden auf dir wohlfühlen, Rock Oh Rolla Fanzine! Möglichst viele!", flüstere ich dazu. Innerhalb kurzer Zeit nach der Taufe erreiche ich einen Traffic von dreizehn-tausend echten Besuchern pro Monat. Sie nehmen an meinen Gewinnspielen teil, bei denen ich Promotionsmaterial des alten Black Box Vertriebs verscheuere. Lieblos, denn ich möchte weder realen Fan-Kontakt noch viel Arbeit damit. Mir geht es allein um die

Kohle der Werbekunden. Diese Zuneigung zahlt sich aus und Rock Oh Rolla versorgt mich mit gerade ausreichend Geld, sodass ich nicht vom Gehalt der Rothaarigen oder den Wohltaten der Schwester abhängig werden muss.

Um mir die Zeit zu vertreiben, trainiere ich täglich mehrere Stunden auf einem rostigen Gerät, das ich vor dem Sperrmüll gerettet habe. Und ich spiele ein bisschen zu viel an meiner Konsole, die mir die Schwester zum fünfundzwanzigsten Geburtstag geschenkt hat. Ich schieße auf alles, was sich virtuell vor mir bewegt.

„Was ist so interessant am Schießen?"
„Ich habe die Kontrolle. Und es geht fair zu. Wenn ich einen Fehler mache oder unaufmerksam bin, sterbe ich. Weil ich nicht von anderen in Situationen gebracht werde, die mein Leben negativ beeinflussen, ich selbst bringe mich da hinein. Oder sterbe."
„Wie oft spielten Sie damals diese Spiele?"

Stunden lang, manchmal auch ganze Nächte lang, bis die Schwarzhaarige aufsteht und zur Arbeit geht. Drogen, die ich mir in der nächsten Kleinstadt besorge, helfen mir, wach zu bleiben. Abends schläft sie vor dem Fernsehbildschirm bei den Zwanziguhrnachrichten ein. Wir reden kaum noch miteinander. Also auch nicht von der Tour und jenem Abend nach dem Festival, seit der Zugfahrt hierher ist kein Wort mehr darüber gefallen. Ich fühle mich schuldig, sie in diese Situation gebracht zu haben, sie wollte nie mehr hierher zurückkommen in dieses Kaff. Dann lernt sie mich kennen und ihr

Leben geht noch weiter Richtung Talsohle, ungefähr so, wie mein Leben bergab geht, seit ich sie kennengelernt habe. Ich bin von meinem Ziel jetzt so weit entfernt wie die Erde vom Mond. Wenn ich betrunken oder auf Drogen bin, sehe ich sie als große, schwarzhaarige Fliege, so wie ich auch ihre Schwester und alle Dorfbewohner als Fliegen sehe, die sich an meinem Selbstmitleid laben möchten. Das macht mich zunehmend aggressiv. Um mich zu beruhigen ziehe ich ab und zu mein Zertifikat unter der Matratze hervor. Es ist mein einzig wertvoller Besitz. Und mein einziger Lichtblick in dieser unerträglichen Zeit. Ich halte das nicht mehr lange aus, so viel ist sicher.

„Das Leben hier macht mich kaputt."

Ich möchte herausfinden, ob sie hierbleiben will und ich meine Zukunft allein an einem anderen Ort planen muss.

Hätte sich Luger doch zusammenreißen können, wir hätten die Welt bereist, irgendwo hätten wir uns dann niedergelassen, am liebsten unter einer Palme. Ich hätte ein Buch über das Innenleben der Band schreiben können, Fans reißen einem doch jeden Scheiß aus den Händen. Wie Ludgers verschwitztes Glitzerhemd, das vor ein paar Monaten bei Sotheby's für ein Vermögen an einen offensichtlich geisteskranken, aber sehr reichen Fan versteigert wurde. Und hätte Ludger die Wahrheit über Marschall gewusst, viele Streitigkeiten wären uns allen erspart geblieben.

Nach Ludgers Beisetzung stehe ich noch mit Marschall zusammen am Fußende des Grabes, auf einem Friedhof, der zwischen für diese Region typischen Spargelfeldern liegt und von einem riesigen heruntergekommenen alten Speicherhaus überschattet wird, das einst der Herstellung und Trocknung von Tabakblättern gedient hat.

„Was soll ich jetzt nur machen, Moonchild? Vielleicht bin ich schon morgen Invalide, fertig, Schluss, aus mit Musikmachen, Moonchild. Was tut er mir an, dieser egoistische Ludger!", jammert Marschall und fuchtelt wild mit seiner Hand vor meinem Gesicht herum. Der linken, wie mir sofort wieder auffällt. Sein persönliches Schicksal geht ihm also gerade näher als der Tod seines genialen Bandkollegen.

„Was? Wieso denn Invalide, Marschall?", frage ich.

„Ja, man, ich habe doch die Musikerkrankheit! Vielleicht, jedenfalls keine schöne Sache, schon gar nicht, wenn man sein Geld als Profimusiker verdienen möchte", nuschelt er vorwurfsvoll. Mir wird gerade schlagartig klar, warum Marschall so oft mit seiner Hand geredet hat. In dieser schwachen Stunde an Ludgers Grab erzählt mir dieser Hypochonder von seiner Angst vor fokaler Dystonie, einer neurologischen Erkrankung, die sich besonders katastrophal bemerkbar macht, wenn man beispielsweise Saiten oder Tasten von Instrumenten akkurat bedienen möchte. Sie äußert sich in unkontrollierbaren, andauernden Muskelkontraktionen der Finger, oft in Abhängigkeit von den Fingerpositionen.

„Der ganze Streit wegen dieser Kommerzkacke, die du der Band immer aufschwatzen wolltest, alles, worüber ihr ständig im Studio gestritten habt – alles aus Angst vor dieser Krankheit und deinem persönlichen Abschied ins Musikrentnerdasein?"

„Ja, klar! Und was willst du denn? Die Scheiß-Ballade läuft doch sehr gut an, oder? Heavy Rotation im Radio! Das ist doch nichts Verwerfliches, Geld zu verdienen, oder? Schon gar nicht, wenn es den Leuten gefällt! Dieser Song wird vielleicht auf deren eigenen Beerdigungen laufen, verstehst du? Ach, lassen wir's, ich dachte, du kapierst das, Ludger jedenfalls hat das nie verstehen wollen."

Und du hast Ludger nicht verstanden, denke ich. Vermutlich ist er genau deswegen gestorben, weil er einmal nicht der Idiot sein wollte, der dem kommerziellen Erfolg der Band im Weg steht. Er hat für euch eigenhändig sein Todesurteil unterschrieben. Dass er einmal nachgegeben und mitgemacht hat beim großen künstlerischen Ausverkauf, das hat ihn das Leben gekostet, das hat er nicht verkraftet. Frieden seiner Asche.

In diesem Augenblick nähert sich uns Ludgers Mutter, sie geht gebeugt, eingehängt am Arm eines sehr hageren Pfarrers, der die Zeremonie begleitet hat, dicht an uns vorbei.

„Ich wollte nur, dass er glücklich wird, mein Junge. Jetzt waren es doch nicht die Drogen, die ihn ins Grab gebracht haben. Aber dieses furchtbare Rockergeschäft. Ein sensibler Junge war er, mein Ludger", hören wir sie jammern. „Hätte er doch die Heizungsbauerlehre fertig gemacht und ein vernünftiges Leben geführt, dann wäre er noch da!"

Sie kannte ihren Sohn offenbar sehr schlecht, obwohl sie ihn gut versorgt und zu ihm gestanden hat, als er nach dem Abbruch seiner Ausbildung wieder im Elternhaus eingezogen war und dort in seiner Schlafecke lange in einem Drogenrauschmarathon vor sich hinvegetierte. Ein „vernünftiges" Leben wie das seines Vaters wäre das Letzte gewesen, was Ludger gewollt hätte. Abgesehen davon, waren „vernünftige" Lebensläufe dieser Art inzwischen längst Geschichte und viele solcher Lebenspläne sang und klanglos im Sand verlaufen oder hart vor die Wand gefahren. Von Kojak wusste ich schon länger, dass Ludger, gleich zu Beginn seiner Lehre eines schönen Nachmittags in der Scheune neben dem Elternhaus seinen Vater findet, der sich dort gerade aufgehängt hat. Er soll sich direkt zu Füßen des über ihm stumm und steif baumelnden Vaters gelegt haben, dessen nasse Hose sanft vor sich hin- und ihn volltropft, bis jemand die beiden entdeckt. Ludger scheint nicht ansprechbar zu sein und summt, während er weggebracht wird, leise lächelnd ununterbrochen ein Lied, die Mutter verfällt angesichts der Tragödie vor Ort in kreischendes Schreien. Auch bei diesem traurigen Anlass wird sie von dem hageren Priester gestützt. Ludger spricht an diesem Tag kein Wort mehr und hört erst am Tag nach der Beerdigung seines Vaters mit dem Summen der letzten Strophe aus 'Cats in the Cradle' auf: „He'd grown up just like me. My boy was just like me". Ab diesem Tag weigert er sich auch, seine Lehre fortzusetzen. Ludgers Vater und schon dessen Vater haben für die Sippe einen bescheidenen Wohlstand erarbeitet und auf eigenem Grund und Boden das kleine Haus errichtet, das zum Zeitpunkt des Abgangs des Vaters endlich auch fast vollständig verputzt ist. Er ist so stolz darauf gewesen, es mit der eigenen Hände Arbeit zu Besitz und Ansehen im Ort gebracht zu haben, aber ein großer Rationalisie-rungsschub geht seit Längerem durch das Land. Arbeitslosigkeit greift um sich, weil billigere Produktionsstätten im Ausland errichtet worden sind und andere bezahlte Arbeit, besonders auch für die Älteren, nicht nachwächst. Als er an der Reihe ist, bricht die Welt für ihn zusammen. Wie soll er das jetzt schaffen? Und vor allem, wie soll er mit dieser Schande leben, und was, wenn das Geld nicht reicht und alles der Bank überlassen werden muss?

Als Ludgers Mutter weitergeht, hebt Bingo, der Black-Box-Drummer, der während der Beerdigung die ganze Zeit komplett breit und schweigend neben uns gestanden hat, kurz den Kopf. „Rock'n'Roll!", murmelt er, und das ist alles, was ihm zu dem ganzen Drama einfällt. Man könnte ihm recht geben, denn was ist mehr Rock'n'Roll-Klischee als die Tatsache, dass mit Ludger wieder einmal einer der besten im Club 27 aufgenommen worden ist? Trotz seines immer raffinierten Haarschnitts wäre Bingo aber bestimmt irgendwo auf dem steilen Weg der Band nach oben als eine Art Treibholz hängen geblieben, denke ich etwas angewidert. Sex, Drugs und Rock'n'Roll ist alles, was ihn interessiert und er macht genau das, was ihm gesagt wird, nicht mehr und nicht weniger. Er ist ein lebendes Metronom, musikalisch über alles erhaben. Menschlich ist er aber ein bisschen einfach. Seine verschlafene Art sorgt jedenfalls für sehr viel gute Unterhaltung auf den Touren, weil es ihm in seiner Dauerbedröhnung immer wieder gelingt, die komischsten Unfälle zu haben.

Ich erinnere mich in der letzten Zeit im Souterrain fast wehmütig an die vielen Sauf- und Fickgeschichten aus der guten alten Zeit mit Black Box, die ich die Ehre hatte mitansehen und ausbaden zu müssen, und die mit Ludgers Tod ihr jähes Ende genommen hatten.

„Ich bin schwanger, Moonchild."

Wenn es eine Sache gibt, die nicht in meine Lebensplanung passt, dann diese.

„Von mir?"

Die Schwarzhaarige rollt mit den Augen.

„Nein, vom Bäcker!"

Ich muss kurz lachen, da jeder im Dorf von der Homosexualität des Bäckers weiß, aber alle so tun, als wüssten sie nichts davon. Vor allem der Bäcker selbst.

„Natürlich ist es von dir, Moonchild", sagt sie.

Sie weiß es ganz sicher schon, bevor sie es ausspricht. Ich freue mich nicht über diese Nachricht, und es wird auch nicht alles gut werden, so wie in der Seifenoper, die sie allabendlich im Fernsehen schaut. Sie weiß, dass diese Nachricht den Sargnagel in unsere Beziehung treibt. Meine drogenbedingten gewalttätigen Ausfälle ihr gegenüber hat sie lange genug ertragen müssen. Ein Satz, der in ihrer Seifenoper in dieser Art von Situation für gewöhnlich fällt, trifft es für uns voll: Sie hat jemand Besseren verdient als mich. Und ich etwas Besseres als sie. Gemeinsam ziehen wir einander herunter, wie ein Bergsteiger am anderen hängen wir aneinander, dazu bestimmt, gemeinsam in die Tiefe zu stürzen. Ihr neues Leben wird sie also nicht wie geplant an einem neuen Ort beginnen, sondern mit einem neuen, noch ungeborenen Menschen.

„Jede Tour ist irgendwann zu Ende."

„Rock'n'Roll, Moonchild."

Als ich sie verlasse, verspreche ich ihr mich zu melden, sobald ich mich irgendwo niedergelassen habe. Sie nickt und lässt durchblicken, dass sie das im Moment wenig interessiert. Wahrscheinlich hat sie schon längst eine Affäre mit dem Schuhverkäufer aus dem Laden gegenüber der Bäckerei, denke ich, als ich mich in meinen rostigen Kleinwagen setze, den ich der Schwester gleich nach meiner Führerscheinprüfung abgekauft habe.

„Weshalb haben Sie nicht an der Beziehung gearbeitet? Sind Sie vielleicht aus dieser Situation geflüchtet? Hatten Sie Angst davor Vater zu werden, weil Sie befürchteten, Sie würden Ihr Kind dann genauso behandeln, wie Ihr Vater Sie behandelt hat?"

„An einer Beziehung arbeiten? Arbeiten daran, mich zu ändern? Mich für den anderen aufgeben? Und der sich für mich? Von einer Beziehung erwarte ich, dass man mich nimmt wie ich bin. Und ich nehme den Anderen so, wie er ist. Ganz ohne Arbeit, sondern mit Liebe und Verständnis. Wenn das nicht geht, dann kann man es lassen."

74

„Wir machen für heute Schluss. Vergessen Sie Ihre Schlaftablette nicht."

Als ich die letzte Zigarette der Schachtel ausdrücke, stecke ich die Pille ein, die sie mir reicht und die ich nicht schlucken werde, und verabschiede mich.

DER ZWEITE TRAUM

Nach und nach erkenne ich das verdunkelte Wohnzimmer meines alten Zuhauses. Ich stehe im Kleid meiner Mutter an der Tür und drücke die Türklinke herunter. Die blonde Susi kniet vor mir und verwöhnt mich oral. Ich hebe den Kopf und erkenne meinen Vater, der gerade am Esstisch sitzt. Er liest ein Wissenschaftsmagazin und das Treiben an der Wohnzimmertür scheint ihn nicht weiter zu scheren, als meine Mutter aus der Küche tritt und auf ihn zugeht. Das Kuchentablett, das sie trägt, verwandelt sich. Sie hält jetzt einen basketballgroßen und von Adern durchzogenen Stein in ihren Händen, der hell leuchtet. Als sie hinter ihm steht, hebt sie beide Arme und schlägt mit dem Stein auf den Kopf meines Vaters ein und hört nicht mehr auf, zuzuschlagen. Das Blut platzt aus der riesigen Wunde am Kopf und strömt auf den billigen Teppichboden. Am Ende der sich bildenden Pfütze formt es einen blutigen Mund mit sich halb öffnenden Lippen. Susi lässt von mir ab. Als mein Vater zusammensackt und zu Boden fällt, habe ich meinen Höhepunkt und lasse die Türklinke los.

Erschrocken von diesem schrecklichen Albtraum wache ich auf, mit der linken Hand das Mondgrundstückszertifikat fest umschließend. Ich höre eine sanfte Stimme in meinem Kopf.

„Alles ist gut! Beruhige dich!"

Nichts ist gut. Denn irgendetwas, was ich nicht zu greifen bekomme, krabbelt mir im Gesicht herum.

Kapitel 4

„ Und? Haben Sie gut geschlafen? “

„ Wie ein Stein. “

„ Wir waren an der Stelle, an der Sie sich von Ihrer Freundin getrennt haben. Was passiert dann? Ich habe Ihnen übrigens eine neue Schachtel Zigaretten besorgt. Greifen Sie ruhig zu. “

Ich bin gespannt, wie weit ich mit der alten Rostlaube komme. Anlässlich meiner bevorstehenden Vaterschaft und völligen Ziellosigkeit beschließe ich, einen Abstecher zu meinem ehemaligen Zuhause bei meinem Vater zu machen, nur um zu sehen, ob er noch da ist oder jetzt endgültig auf der Straße lebt. Ich habe noch viele hundert Kilometer vor mir und ein paar Stunden Zeit, bis ich es erfahren werde, ich fühle mich wieder frei und atme tief durch. Wie damals als Teenager schiebe ich eine Kassette ein und drehe bei heruntergekurbelter Seitenscheibe den Lautstärkeknopf bis an den rechten Anschlag. Ich zünde mir eine Zigarette an und ignoriere die gaffenden Fliegen, die wild herumfuchteln und mit dem Kopf schütteln, als ich den Songtext mitgrölend an ihnen vorbeifahre. Ihr könnt mich alle mal. Ich habe einiges an verlorener Zeit aufzuholen, um meinem Ziel wieder so nahe zu kommen, wie schon einmal, bevor mir Ludger alles zerschossen hat. Von Zuhause will ich mir die restliche Motivation holen. Ich werde es schaffen, denn ich werde ihn überlebt haben, ich hoffe inständig, dass er schon tot ist, elendig verreckt.

„Entschuldigung. Standen Sie da unter Drogen?"

„Ja, ich war auf purem Adrenalin."

Nach einer langen Fahrt biege ich in die Straße ein, an der mein Elternhaus noch immer steht. Im Schritttempo fahre ich an die noch weiter heruntergekommene Hütte heran und bemerke wie mir leicht übel wird, weil in mir Erinnerungen dunkel aufsteigen. Wie viele Nachmittage habe ich hier vor diesem Garagentor die Zeit totgeschlagen. Ich habe mir aus einem alten T-Shirt ein Phantasieeishockeytrikot gebastelt, mir die Rollschuhe, Discoroller, die ich im Sperrmüll der Nachbarschaft gefunden hatte, angezogen, und mit einem aus Dachlatten zusammengenagelten Schläger dann den lieben langen Tag einen Tennisball gegen das Garagentor gedroschen. Wenn der kleine uringelbe Ball das blecherne Tor traf, stellte ich mir vor, dass es so klingen müsste, wenn Schildkröten ihre Köpfe aus Stumpfsinn und Langeweile gegen das Glas ihres Terrariums schlagen.

Auf dem ungepflegten Rasenstück im Vorgarten sehe ich etwas, das ich nicht definieren kann. Ich fahre noch ein Stückchen näher darauf zu. Jetzt erkenne ich das Schild eines Immobilienmaklers, ‚Zu verkaufen‘, und zucke zusammen, weil neben meinem Kopf eine fleckige Faust energisch gegen die Scheibe der Fahrerseite meines Autos schlägt.

„Sie können hier nicht parken, Sie versperren meine Einfahrt!"

Ich kenne die Alte noch sehr gut, sie mich aber offensichtlich nicht mehr.

„Interessieren Sie sich für das Haus?", fragt sie neugierig. „Das gehört nämlich der Bank. Der Besitzer hat sich anscheinend totgesoffen, den haben sie jedenfalls vor ein paar Wochen auf den

Friedhof gebracht. Mein Sohn arbeitet da, in der Bank, in der Immobilienabteilung, wissen Sie? Total verschuldet, der alte Schluckspecht! Sein Sohn ist schon lange fort und wie vom Erdboden verschluckt. Der war ja nicht gerade pfiffig, und der grüßte mich nie, der Rotzlöffel! Und immer so komisch war der, irgendwie anders. Ist ja kein Wunder, bei den Familienverhältnissen, oder? Gut, dass die Mutter das ganze Drama nicht mehr miterleben musste, die ist vor Jahren bei einem schlimmen Verkehrsunfall gestorben. Das ganze Straßenfest hat darüber geredet. Ach, das war vielleicht eine Nette." Ich habe genug gehört und weiß alles, alles, was ich wissen muss. Fast wäre mir rausgerutscht, sie solle ihren Sohn, den guten Mr. Goldspoon Senior, schön von mir grüßen.

„Da ist er ja wieder, Ihr Hass auf die Provinz."
„In diesem Fall werden Sie meine Abneigung verstehen."

Wenn die Alte wüsste, dass ihr inzwischen verstorbener Ehemann mich als kleines Kind in seinen Garten zu locken versucht hat, um mir die neugeborenen Kaninchenbabys in ihrem kleinen, engen dunklen Stall zu zeigen, würde sie vielleicht nicht so hart über andere Familien urteilen. Weil ich ein mulmiges Gefühl hatte und er sehr merkwürdig roch, sagte ich dem Tierfreund immer, dass ich keine Zeit hätte und Besorgungen für meinen Vater machen müsste. Der Nachbarsjunge, der mir damals die Wissenschaftsmagazine mit der Mondgrundstückannonce vorbeigebracht hatte, wollte die Kaninchenbabys aber unbedingt sehen. Später erzählte er mir, dass er mit dem Tierfreund mitgegangen war und im Stall die kleinen süßen Kaninchen streicheln durfte. Danach aber hatte der Alte gemeint, dass er ja auch einen Stall in der Hose habe und der Junge da drin auch etwas Weiches finden würde und streicheln solle, das ihm der Alte sogleich mit heruntergelassener Hose erregt entgegenstreckte.

„Ich gebe Ihnen da Recht. In diesem Fall. Wie ging es für Sie weiter, nachdem Sie wussten, dass Ihr Vater gestorben ist?"

Mein Barvermögen reicht nicht sehr weit, für ein paar Tankfüllungen und Schnellimbissgerichte aber doch, wenn ich im Auto übernachte. Das Online-Fanzine kann ich aus dem Auto nicht weiter betreiben und ein kleines Restguthaben auf meinem Konto der Dorfsparkasse habe ich natürlich der werdenden Mutter hinterlassen. Ich muss mir also möglichst schnell etwas einfallen lassen, wie ich flüssig bleibe. Schließlich, in der großen Medienstadt gestrandet, verkaufe ich meine Rostbeule an eine türkische Händlerfliege. Das Geld für Benzin spare ich also auch noch. Darüber, wo ich nächtigen werde, mache ich mir einfach keine Gedanken. Die Stadt hebt meine Laune und deshalb will ich genau jetzt gute und vor allem laute Rockmusik hören. In einem Szeneclub, der auf meiner 'Rock Oh Rolla'-Inserentenliste steht, bestelle ich mir ein Bier vom Fass, auf das noch ein paar weitere folgen, bis ich gut gepegelt bin, und freue mich schon auf die erste Liveband, die ich nach Jahren der Isolation zu hören bekommen werde.

Erst als ich mich unauffällig umsehe, bemerke ich, dass ich mittlerweile schon zu den älteren Semestern hier drin gehöre. Teenagerfliegen umkreisen mich desinteressiert, sie tragen Shirts mit Logos von mir völlig unbekannten Bands. Etwas gefrustet trinke ich weiter, bis ich das wohlige Gefühl habe, dazu zu gehören und mir nichts mehr peinlich ist. Es kommt mir jetzt sogar völlig natürlich vor, eine siebzehnjährige Fliege anzuflirten. Diese vom Alkohol erschaffenen Illusionen dürften ein Segen für ältere Männer sein.

„Sie fühlten sich also alt im Club?"

„Ja. Und unattraktiv, trotz meiner Hometrainer-Muskeln und langen Haare. Aber vor allem fühlte ich mich wie einer, der nicht auf, sondern hinter dem Mond lebt."

„Ein hässliches Gesicht vergesse ich nie, Moonchild."

Ich muss zwei Mal durch meine alkoholvernebelten Linsen schauen, bis ich mein Gegenüber erkenne.

„Kojak?"

„Oho, da ist wohl einer genauso besoffen, wie der glatzköpfige Grieche himself!"

Was denn aus meiner entzückenden rothaarigen Begleiterin von damals geworden sei, fragt er mich so ziemlich als Erstes. Wir hätten uns kürzlich getrennt, erkläre ich knapp, wegen unüberwindlicher Differenzen in der Lebensplanung.

„Oh, schade, schade, schade um so ein schönes Paar."

Er selbst habe ja nur Pech mit Frauen. Aber ausreichend Sex, das mit dem Pech sei Jammern auf hohem Niveau. Wir fühlen uns sehr wohl miteinander und plaudern, was das Zeug hält, mit wachsender Begeisterung, wie Waschweiber unter Alkoholeinfluss.

„Fühlst du dich hier auch so alt? So junge Schnösel."

Kojak zeigt auf einen Typen hinter der Bar, der, offensichtlich selbst betrunken, Caipirinha in Bierkrügen zubereitet, die er seinen Fliegenfreunden mit einem dreckigen Lachen anreicht.

„Respektlose, dumme BWL-Schnösel, die Hendrix für eine Staubsaugermarke halten! Naja. Die Jungs von Black Box waren wie

Söhne für mich, Moonchild! Ludger war doch noch so jung! Der Arsch hat alles kaputt gemacht, Moonchild!"

Die Caipirinhafliege und ihre Freunde nebenan verhalten sich immer peinlicher.

Kojak, der sich am Tresen abstützt, zieht die Augenbrauen hoch und zuckt mit den Achseln.

„Was soll ich denn jetzt bloß machen, Moonchild? In meinem Alter?"

Bevor ich antworten kann legt die erste Band des Abends los, unter dem frenetischen Beifall der Publikumsfliegen betreten sie lässig die Bühne. Nach den ersten Songs der geschätzt zwanzigjährigen Musiker schauen Kojak und ich uns lange, plötzlich ernüchtert an und lachen los.

„Was ist denn das? Fehlt nur noch, dass der Sänger in sein Holzfällerhemd heult, oder, Moonchild?"

Bei den Zuschauerfliegen kommen die Jungs aber sehr gut an.

„Depressive Scheiße!", flucht Kojak.

„Bei uns ging es ums Partymachen und Vögeln und andere Sachen, die Spaß machen! Jesus Christus, nicht, dass sich hier noch einer erschießt!"

Wir schauen uns wieder an.

„Entschuldigung, Moonchild. Das war nicht so gemeint."

Kojaks Kraftausdrücke werden mit jedem Ouzo derber. Meine auch, er lädt mich ein, mitzutrinken. Die zweite Band tritt auf und spielt ein noch depressiveres Programm. Kojak interviewt den unsympathischen Barmann, der sich aber trotzdem für den

Caipirinhakollegen entschuldigt, weil der gerade versucht hatte, Kojak eine Limonenscheibe an die Glatze zu werfen. Das sei sein Chef, der Clubbesitzer.

„Ich bin gleich wieder da, Moonchild."

Nach einer Stunde kommt Kojak mit einem Krug Caipirinha zurück.

„Ich habe da eine Idee, Moonchild."

Er erzählt mir, was er mit der Clubbesitzerfliege besprochen hat. Die Fliege habe sich beklagt, die fetten Jahre seien vorbei. Statt sprudelnder Einnahmen, von denen er sich immerhin ein Hotel in Thailand habe kaufen können, um für sein Alter vorzusorgen, sei jetzt Ebbe, viele Gäste hielten sich einen ganzen Abend an einem Apfelsaft fest, das decke kaum noch die Personalkosten und den Wareneinsatz. Er habe keine Lust mehr auf diese Sorte Gastronomie und warte nur auf ein ordentliches Angebot. Kojak handelt schnell. Der Verkauf ist im Nu beschlossene Sache und die Caipirinhafliege freut sich jetzt über den plötzlichen Vorruhestand. Ganz ohne Aufgabe wird sie neben der verdienten Erholung mit dem Hotel in Thailand ja nicht sein, aber wahrscheinlich werden dort bald englischen Touristen von der Hotelbar aus Ananasstücke an den Kopf fliegen, denke ich.

„Und wovon willst du das bezahlen, Kojak? Ich bin komplett pleite."

„Jetzt fahren wir erst einmal zu mir. Da kannst du so lange im Gästezimmer pennen, bis ich mein Haus verkauft habe."

Mit dem Geld kämen wir erstmal über die Runden. Wir könnten Werbung für den Club machen sowie die Personalkosten und Waren bezahlen, bis die Sache gut angelaufen ist. Der Gedanke an den Verkauf seines Elternhauses schmerzt ihn allerdings sichtlich.

„Wenn meine Eltern das wüssten. Erste Einwanderergeneration, Moonchild. Alles vom Mund abgespart, damit wir Kinder es einmal besser haben. Rock'n'Roll!"

Kojak läuft im Angesicht der neuen Perspektiven zu Hochform auf.

„Unser Club wird der Ort sein, der den Leuten eine Reise zurück in die gute alte Zeit bietet. Ein Zufluchtsort mit ihrer Musik und Gleichgesinnten, denen sie nicht erklären müssen, was das Besondere an unserer Musik ist, wer Angus Young, Bruce Dickinson, Rob Halford oder Ronny James Dio ist. Wenn ihnen die Reihenhausdoppelhälfte, in der schon lange nichts mehr Aufregendes läuft und wo die demnächst schon pubertierenden Kinder ihnen den letzten Nerv rauben, die Luft abdreht. Kurz: Für alle, denen das samstägliche Autowaschen und Heckenschneiden nicht mehr reicht. Also, hast du einen Namensvorschlag für einen solchen Club, Moonchild?"

„ComaClub."

Kojak zieht die Augenbrauen hoch.

„Okay, nicht schlecht, Mister Marketing. Vielleicht noch eine Logo-Idee dazu?"

„Eine besoffene Fliege auf einem rotierenden Plattenteller, die aus einem Whiskeyglas trinkt."

Kojak haut begeistert mit beiden Händen auf den Bartresen. Die umherstehenden blassen Deprifliegen um uns herum erschrecken, einige weibliche Fliegen stoßen sogar kleine spitze Angstschreie aus. Kojak macht eine entschuldigende Geste in die blasse Runde und setzt sich wieder.

Ich lege nach.

„Ich habe sogar noch ein Schild davon. Von meinem Grafikservice, der vor allem an meinem Stolz gescheitert ist. Mach nie etwas Kreatives, Kojak. Zu viel Aufwand für wenig Geld."

„Apropos, wie viel Geld hast du dabei, Moonchild?"

„Kojak, ich sagte doch, mich brauchst du gar nicht erst anpumpen. Ich habe aber noch ein paar Hunderter aus dem Verkauf meines Autos."

Ich ziehe die Geldrolle aus meiner Jeans, die mir Kojak aus der Hand reißt.

„Herzlichen Glückwunsch, hiermit und ab sofort bist du gleichberechtigter Partner des ComaClub!"

„Ihr Schicksal nimmt hier eine interessante Wendung."

„Das kann man wohl sagen."

„Hatten Sie keine Angst davor, dass wieder etwas schief geht?"

„Welche Wahl hatte ich denn?"

„Wie lief der Club denn an?"

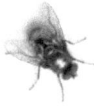

„Nein, Moonchild. Zuerst musst du das Teil hier anschrauben."

Kojak ist handwerklich sehr begabt. Als Kind hat er seinem Vater und dem Großvater auf deren Baustellen ausgeholfen und viel gelernt. Das ist einer unserer Vorteile, als wir gemeinsam eine kleine Wohnung in der Medienstadt anmieten und beziehen. Der Vermieter hält uns für ein schwules Pärchen, auch er selbst ist homosexuell, woraus er keinen Hehl macht, im Gegenteil. Wir sind hier in einer der Hochburg der Schwulen und die Wohnungen in der hoffnungsfrohen Medienstadt sind rar und teuer. Kojak räumt gerade seine Platten und die CD-Sammlung aus den Kartons, während ich neben ihm stehend versuche, das Regal dafür aufzubauen. Mir fallen neben den ganzen Klassikern wie den Rolling Stones, Doors und Led Zeppelin die vielen Platten von Elvis Presley auf.

„Der einzig wahre King, Moonchild."

Kojaks Augen glänzen, als er die Plattenhüllen mit dem leuchtenden Gesicht der lächelnden Schmalzlocke heraushebt und genauso zärtlich berührt, wie seinen kahlen Schädel, wenn er emotional wird.

Kojak behält Recht. Der ComaClub schlägt ein und wird ein Sammelbecken für die in den 80er-Jahren Hängengebliebenen. Die Seattlebands machen uns täglich reicher. Wir sehen uns als Hüter und Bewahrer unserer eigenen Generation, in der wir von Lemmy, Angus, Iron Maiden, Judas Priest, Dio, Guns n' Roses und all den anderen Legenden und Bands musikalisch erzogen wurden. Damit machen wir andere glücklich und uns selbst wohlhabend.

„Die Cobains haben die Musikweltherrschaft übernommen, Moonchild. Wir sollten ihnen auf Knien danken."

Am Wochenende gibt es Livemusik auf der Bühne, unter der Woche einen Mix aus Grunge, Black Metal und Gothik, Thrash und Metalcore. Für jeden Geschmack ist etwas dabei, wobei wir Wert darauf legen, dass unsere Musik ein deutliches Übergewicht behält. Während der frühere Besitzer darüber klagte, die neue Generation hielte sich den ganzen Abend an einem Glas Apfelsaft fest, trinken sie uns fässerweise den Einkauf weg. Der ComaClub steigt schnell zum angesagten Szeneclub auf und zu einer im Stadtführer aufgeführten Sehenswürdigkeit der Medienstadt, die Rockfans aus aller Welt besuchen wollen. Wir sind so etwas wie das Whisky a Go-Go in unserer Stadt. Die alten Strukturen des Musikbusiness' mit

Plattenfirmen, Vertrieben und Plattenläden bröseln unterdessen weg. Musik, inzwischen digitalisiert, wird nicht nur von Musikfreunden kopiert, was der Branche wirklich schadet, sind die Millionen Umsätze, die verloren gehen, weil illegale Kopien von teuer produzierten Musikalben massenhaft verkauft werden. Legale CD-Verkäufe brechen ein und das Überleben der Bands hängt von Bühnenauftritten und den Erlösen aus ihrem Merchandise ab. Eine CD wird zum Promotionsmaterial für Bühnentouren, die ab sofort das große Geld einspielen müssen.

Kojak packt bald wieder eine Gelegenheit am Schopf und kauft, als der Eigentümer es loswerden will, das gesamte Gebäude zu einem völlig überteuerten Preis. Aber wir können es uns leisten, wir müssen es sogar, sagt Kojak.

„Sonst können wir unsere Steuerabgaben gleich mit Schubkarren zum Finanzamt fahren."

Das über einen Lift erreichbare Loft ganz oben beziehe ich, darunter wohnt Kojak. Eine Ebene unter ihm sind unsere Büroräume und im Erdgeschoss residiert der ComaClub. In unserer eigenen kleinen Comawelt führen wir ein Leben auf der Überholspur.

Geschäftstüchtig erweitert Kojak unser Portfolio und wir gründen die ,Coma Music Entertainment', ein Indilabel für 80er-Jahre-Bands, die massenhaft von ihren alten Labels abgeworfen werden, seit in der Seattle-Musikschwemme die faden betriebswirtschaftlichen Akquisiteure der Musikmultis alles unter Vertrag nehmen, was in ein Flanellhemd passt und ein Instrument spielt. Für unsere Klientel ist es zwischenzeitlich noch schwieriger geworden, eine Fanbase aufzubauen oder zu halten. Plattenfirmen gewähren Tourneen keine finanzielle Unterstützung mehr und machen Zug um Zug Pleite. Vorgruppen auf großen Bühnen, meist noch unbekannte Bands, verdienen an ihren Auftritten gar nichts mehr und zahlen sogar für einen Auftritt, um im Fahrwasser der Hauptacts Bekanntheit zu erlangen. Anders als wir, die sich mit einem Stil identifizierten und den mit Haut und Haar lebten, begrenzen die aktuellen Fans ihren Musikgeschmack nicht mehr. Wir hörten nur Musik von Typen, die so aussahen wie wir, und fühlten uns einer Gruppe zugehörig, die wir niemals verraten und verkauft hätten. Wenn überhaupt, wandten wir unsere Aufmerksamkeit anderen Genres nur heimlich und im Verborgenen zu. Das ist mittlerweile komplett anders geworden. Viele Musikstile werden jetzt gleichzeitig und gleichberechtigt gehört. Die Karrieren der ehemaligen Pioniere und Protagonisten gehen den Bach runter, die Bands lösen sich auf. Inhabergeführte Plattenläden, die es sogar in kleinen Städten immer gegeben hatte und die heiße Tippgeber für Neuerscheinungen gewesen waren, werden von musikalisch leidenschaftslosen Großmärkten und in die Musikabteilungen der großen städtischen Kaufhausketten verdrängt.

Kojak nimmt nur die Besten der Besten der Verschmähten 80er-Jahre-Helden unter Vertrag. Bald werden große Comeback-Touren mit neuen Alben folgen.

„Eine Nostalgiewelle wird unsere Einnahmen bis zum Mond auftürmen, Moonchild."

Und bis dahin treten unsere Bands im Club auf.

„Moonchild, da verlangt einer nach dir."

Ich lasse den Besuch zu mir bringen.

„Roadie! Du bist aber alt geworden, Mann!"

„Styxx! Hat McKinsey endlich die Nase voll von dir?"

Wir fallen uns freudig in die Arme.

„Alter, sieht ganz so aus als hätte ich Coma damals nicht im Stich lassen sollen, was Roadie?"

Er erzählt mir, wie es ihm ergangen ist seit unserem Abschied am Bauwagen. Das von seinem Vater für ihn erträumte BWL-Studium bestand er mit Auszeichnung und ging, zum großen Entsetzen seiner Eltern, ab da aber einen eigenen Weg. Styxx war Eventmanager und selbstständig.

„Es führen viele Wege zurück zum Rock'n'Roll, Roadie. Oder besser: Moonchild."

Er sei kürzlich im Club gewesen und habe sich an der Bar nach dem Inhaber erkundigt. Der Barmann hatte auf das gerahmte Foto an der Wand hinter sich gezeigt, das uns beide bei der Montage des Coma-Schildes an die Clubfassade zeigt.

„Kojak und Moonchild."

„Ich kannte die Namen natürlich nicht, aber ich hatte schon etwas geahnt, vor allem wegen des Logos, aber da war ich mir dann natürlich sehr sicher, wer hinter dem berühmten ComaClub und dem Label steckt. Habe dich sofort wiedererkannt, Roadie!"

Wir lachen und schwelgen in alten Zeiten. Styxx erzählt, dass mehrere der alten Bauwagenleute und -besucher jetzt im Getränkemarkt des Kleinwüchsigen arbeiten, der sie ordentlich herumkommandiert, fast alle seien in der Gegend geblieben, viele verdienten ihren Lebensunterhalt in den Dorfläden und Kleingewerben oder im örtlichen Holzfachhandel.

„Sind alle anscheinend sehr zufrieden mit ihrem Leben. Bis auf Goldspoon, der nimmt zu viel Drogen. Seinetwegen komme ich auch vorbei, Roadie."

Styxx hat ihn letztes Weihnachten bei seinem Heimaturlaub abends in der Dorfkneipe getroffen. Sie seien dann zum ehemaligen Bauwagenacker gefahren, hätten vorher ganz nostalgisch beim

Kleinwüchsigen Bier geholt und am Acker, an der alten Feuerstelle, ein Lagerfeuer angezündet. Sie tranken viel und Goldspoon jammerte und so kamen sie auf die Schnapsidee, die Styxx hierher führt.

„Goldspoon fällt die Taxidecke auf den Kopf, Moonchild. Er hat seinen Job verloren, weil er untragbar geworden ist für die Bank. Haus und Hof sind bei der Scheidung draufgegangen, seine Ex und die Kinder leben noch ganz gut davon. Er ist komplett durch und wohnt jetzt wieder in der Einliegerwohnung bei seinen Eltern. Wir haben herumgerätselt, ob du vielleicht der Coma-Typ sein könntest, oder ob da nur jemand dein Logo in Beschlag genommen hat. Aber wir fanden, dass du nicht der Typ bist, der sich die Butter vom Brot nehmen lässt. Und dass wir ein Open Air organisieren könnten, alle zusammen. Mit euren 80er-Bands auf dem Goldspoon-Acker."

„Witzige Idee. In diesem gottverlassenen Kaff, Styxx?"

Klingt nicht ganz dumm, ich greife zum Telefon und hole Kojak dazu. Der sentimentale Aspekt der Sache begeistert ihn sofort.

„Warum bin ich nicht selbst auf so etwas gekommen! Das C.O.M.A. Open Air!", meint er begeistert. „Gibt es genug Platz für Camping und Parking?"

„Da ist weit und breit nichts als Acker und Landschaft."

„Dieses Kaff, lieber Moonchild, wird bald weltbekannt sein – und die Grundbesitzer und der Getränkehändler profitieren davon, wie auch die ganze Gemeinde."

Ich überlege auch nur kurz.

„Also gut, machen wir es. Ich weiß auch schon, wer der Headliner sein wird auf dem ersten C.O.M.A. Und den rufe ich höchstpersönlich an."

Einige Monate später bekomme ich erneut Besuch aus meiner Vergangenheit. Unsere bisherige Chefgrafikerin geht in den Mutterschutz und wir haben ihre Stelle in einer landesweit erscheinenden Tageszeitung ausgeschrieben. Unter den Bewerbungen erscheint bisher keine besonders ansprechend. Diese Kandidatin hier kenne ich aber, und zwar schon sehr lange. Es ist Susi, also Claudi, die ehemalige freie Mitarbeiterin meines Vaters. Sie hat Styxx zufällig am Rathaus getroffen, als der im Rahmen der Festival-Vorbereitung mit dem Bürgermeister auf dem Weg zum Goldspoon-Acker war, um letzte Details abzusprechen. So erfuhr sie, was aus mir geworden ist, von dem Club und dem Label.

„Ich höre, ihr sucht eine Chefgrafikerin?"

Kojak, mit dem zusammen ich jede Personalentscheidung treffe, liebt es authentisch und holt sie sofort ins Boot: „Du hast das Logo entworfen! Da gibt es für mich nichts zu überlegen, Claudia. Willkommen bei COMA!"

Der Gedanke, dass die Urheberin des COMA-Logos persönlich hier arbeitet, gefällt ihm. Seinen Blicken nach zu urteilen, gefällt ihm auch der Gedanke, viel mit der neuen Mitarbeiterin zu tun zu haben. Nach unzähligen Affären mit Angestellten und Kundinnen des Clubs ist er es satt, sagt er mir im Vertrauen, er sei mit fast 50 jetzt in einem Alter, in dem man gesetzter werde. Im Lauf der Zeit werden Kojak und sie ein Paar und Susi, die bei uns Claudia heißt, zieht sogar bei ihm ein. Ich gönne ihm sein Glück, denn er arbeitet hart und rund um die Uhr, und das schon seit Jahren. Ich stehe ihm in nichts nach, die zusätzlichen Stunden für die Durchführung des C.O.M.A-Festivals zusätzlich zu denen für das Label bringen mich an meine Grenzen. Kojak kümmert sich mit seinem Team überwiegend um den Club und die Livebands. Trotz der inzwischen vielen helfenden Hände bewegen wir uns am Limit, was unsere Kapazität angeht. Ich spüre, ich brauche dringend Urlaub und ich will ihn auch unbedingt antreten, nach diesem Termin. Mit ihm. Lou Zephyr, dem Duke of Dezibel. Meinem wahren King, der als erster Headliner der Geschichte des C.O.M.A-Festivals auftreten soll. Bei keinem anderen Gesprächstermin mit ehemaligen Rock-Größen, die wir überlegten unter Vertrag zu nehmen, waren wir je so aufgeregt. Viele der Mega-Stars von einst sind während der Durststrecke der letzten Jahre auf ein menschliches Normalmaß zusammengeschrumpft. Einen unserer zukünftigen Ex-Rockstar-Klienten erreichen wir nach langer Recherche telefonisch bei einem Job in der Dominikanischen Republik, wo er sich als Michael-Jackson-Imitator in Ressorthotels durchschlägt.

Bei ihm allerdings kann von Schrumpfen nicht die Rede sein. Die baumhohe Legende Lou Zephyr, sein Charisma und die sonore Stimme flößen allen sofort sehr großen Respekt ein.

„Ah, da sind sie ja, die Comaboys."

Sein Kumpel Eric, den wir mit seiner britischen Band kürzlich unter Vertrag genommen haben, hatte Lou von uns vorgeschwärmt.

„Wie eine verliebte Zwölfjährige redet der von euch. Ganz nasses Höschen hat der gute alte Eric bekommen. Ihr habt seine Band aus dem Haufen Scheiße hochgezogen, in dem sie steckten. Jetzt fährt er wieder Porsche!"

Er ist, wie erwartet, ein außergewöhnlicher Mensch. Noch nie hat mich jemand so sehr und auf Anhieb fasziniert. Nicht einmal Ludger, der auch eine starke Präsenz hatte. Lou greift zu einer der vielen für ihn bereitgestellten Flaschen. Weil wir wissen, er ist ein großer Wodka-Fan, haben wir für ihn einen finnischen ausgewählt und vorgekühlt. Claudi bringt ihm dazu auf einem Silbertablett ein mit einer Eisschicht überzogenes Glas, das er sich in einer runden Bewegung greift, füllt und im Nu leert.

„Kompliment Comaboys, ihr habt Stil. Ihr wollt also, dass ich bei eurem Comascheiß auf dem platten Land auftrete?"

Alle nicken zaghaft, sogar ängstlich, als er sich schwungvoll das zweite Glas einschenkt.

„Es wäre uns, und ich darf sagen, besonders mir, eine große Ehre, Lou."

Meine Stimme klingt wie die eines nervösen Teenagers im Stimmbruch.

Er zündet sich eine Zigarette an.

„Könnt ihr Jungs euch meine Gage leisten?"

„Ja, Lou", versichere ich, „das ist mit deinem Manager geklärt. Judas heißt er doch, oder?"

Alle meine Mitarbeiter nicken.

„Klären heißt aber noch nicht bezahlen, junger Mann."

Alle blicken ihn wie versteinert an, während er sich ein drittes Glas genehmigt und leert. Es herrscht Totenstille, bis er in schallendes Gelächter ausbricht.

„Jeder weiß, dass mein Sound nicht mehr der Angesagteste ist, Comaboys. Von einigen ehemaligen Granden höre ich, die bekommen derzeit 5000er-Hallen gerade noch so voll. Und das sind, weiß Gott, Bands, die vor 90000 spielen sollten. Was wir anbieten ist zu wenig deprimierend und jämmerlich für das neue Publikum."

Wir atmen inzwischen wieder besser durch und er prostet uns zu.

„Warum habt ihr eigentlich so lange gewartet? Warum bin ich eigentlich noch nicht unter Vertrag bei euch? Könnte gerade einen neuen Deal gut gebrauchen, die Idioten meines alten Labels wollen mich loswerden. Null Unterstützung, null Promo, null Arsch in der Hose, die Typen."

„Es wäre uns eine Ehre, Lou. Wir haben uns einfach nicht getraut."

Kojak tuschelt mit einem Mitarbeiter, der dann den Raum verlässt.

„Wäre eine gute Gelegenheit für ein Comeback. So ein neues Livealbum mit den Greatest Hits, ein oder zwei neuen Songs dazu. Aufgenommen auf eurem Festival, Live at C.O.M.A. Das wäre doch ein toller Albumtitel, oder nicht? Am besten wir pappen so einen hübschen ‚Parental Advisory Sticker' für Tipper Gore drauf. Damit sie neues Material für ihre Filthy Fifteen bekommt."

Der Lord schaut sich um, ob seine letzte Bemerkung auf Resonanz stößt. Tatsächlich besteht unsere kleine Runde aus seiner Sicht ja überwiegend aus jungem Gemüse.

„Na, ihr wisst schon, was akzeptabel ist und welche Vier-Buchstaben-Texte mit Warnschildern versehen werden müssen. Diese nationale Debatte hat begonnen in den USA, als Prince 1984 Purple Rain rausgebracht hat. Tipper Gore, zusammen mit drei anderen konservativen Hausfrauen, die natürlich Politikerehefrauen waren, haben den Verein ‚Parents Music Resource Center' (PMRC) gegründet und die Filthy Fifteen zusammengestellt, eine mittlerweile berühmte Liste mit Musiktiteln, die sie am anstößigsten fanden. Prince mit Purple Rain stand ganz oben. Seit 1985 kamen Platten-

94

firmen deshalb überein, den Aufkleber „Parental Guidance: Explicit Lyrics" auf bestimmte Alben zu kleben: X für Sex, O für Okkult, D/A für Drogenbezug, V für Gewalt. Weil viele Stimmen laut wurden, die meinten, sowas sei Zensur, fand daraufhin ein Hearing vor dem Senat darüber statt. Ich werde nie vergessen, wie Dee Snider, der Leadsänger von Twisted Sister, da eine Rede hielt und unsere Ehre gerettet hat. Er führte sauber aus, dass es sich hier um nichts weniger als eine Verletzung der Bürgerrechte handle. So etwas hatte aus dem Mund eines langhaarigen Rockers doch niemand erwartet."

Lou schaut stolz in die Runde und prostet den jüngsten Assistenten freundlich zu.

„Diese Rappertypen sind auch schon auf den Trichter mit den Aufklebern gekommen. Kein Wunder, die Kids stehen auf sowas."

Ich kann unser Glück kaum fassen. Der Duke of Dezibel ist bereit, einen Vertrag mit unserem Label abzuschließen und unser Festival zu headlinen. Der Mitarbeiter kommt eilfertig mit einem vorbereiteten Vertragsentwurf zurück.

„Schickt das Kleingedruckte da an Judas. Meine alten Augen sind nicht mehr so gut, muss sie deswegen dauernd mit diesem Zeug hier spülen."

Die erste Flasche Wodka ist geleert. Lässig steht der Duke of Dezibel auf und streckt seinen langen Rücken gerade.

„Lasst uns das mal feiern. Gehen wir runter in den Club, von dem habe ich nur Gutes gehört."

Die folgende Party sprengt alles, was der Club je gesehen hat und wird epochal. Kojak und ein paar andere haben noch lange nicht genug und feiern mit Lou weiter, als ich mich völlig betrunken verabschiede. In den letzten Tagen und auch heute habe ich wieder diese quälenden Kopfschmerzen gehabt, die mir fast die Augen aus dem Kopf quetschen. Im Aufzug angekommen fällt mir ein, dass ich noch ein paar Aspirin in meinem Büro liegen habe, die ich vorsorglich einnehmen will. Den Kopf in die Hände gestützt, sitze ich auf meiner Bürocouch und warte erschöpft und verschwitzt auf die Wirkung der ersten Tablette, als sich die Tür öffnet und die Mitarbeiterfliege eintritt, die Claudi gerade als Assistenz zuarbeitet. Sie kommt auf mich zu und zieht sich dabei aus, bis sie schließlich völlig nackt vor mir steht. Immer wieder fallen wir von der weich gepolsterten Couch, auf der wir uns aneinander vergreifen, weil wir so betrunken sind. Als ich ihr vom Boden wieder zu mir heraufhelfen will, beißt sie mich plötzlich lachend in die Schulter. Weil ich erschreckt zurückweiche, reißt mein offener Fingernagel einen Kratzer auf ihre Wange, was uns aber nicht einmal stört. Wir machen weiter und immer wieder rollen wir von der Couch auf den Boden und ich hole sie mir immer wieder zurück. Sie ist nicht die erste Angestelltenfliege, mit der ich schlafe, aber mit ihr habe ich den meisten Spaß von allen bisher, scheint mir. Als wir fertig sind sammelt sie leise und wortlos ihre Klamotten zusammen und schwirrt diskret ab.

Ein paar Tage später komme ich in mein Büro und sehe, dass Kojak auf meinem Bürostuhl sitzend schon auf mich wartet. Ich setze mich auf die Couch.

„O Mann, Moonchild", begrüßt mich Kojak mit einem sehr ernsten Blick. „Was hast du dir bloß dabei gedacht?"

Ich weiß nicht, was er meint.

„Kojak, was ist denn los? Was wobei?"

„Na, das mit der Neuen! Mit der Angestellten, hier im Büro, nach der Party!"

„Okay, ja. Du hast ja nie was mit unseren Angestellten gehabt, Kojak! Ja, das mit der kleinen Nummer neulich war wieder einmal ein Fehler, aber die Feier war groß!"

„Kleine Nummer? Dafür landest du wahrscheinlich im Knast, sagt unser Anwalt!"
„Was redest du da?"

Nach und nach klärt mich Kojak auf und ich beginne zu verstehen, weshalb er so ein ernstes Gesicht macht. Die Firma hat heute eine Strafanzeige von meiner kleinen Freundin von neulich Nacht gegen mich erhalten. Vorwurf: Schwere Vergewaltigung und sexuelle Nötigung durch einen Vorgesetzten.

„Das geht vor Gericht und du kommst bis dahin in Untersuchungshaft. Unser Anwalt meint, du sitzt bis zum Hals in der Scheiße, Moonchild!"

Ich bin geschockt. Natürlich erzähle ich Kojak meine Version des Vorfalls. Kojak hebt die Augenbrauen.

„Es sieht nicht gut aus für Sie", sagt der Anwalt bei unserem ersten Termin. Er liegt mit dieser Einschätzung richtig. Ich bekomme fünf Jahre Freiheitsstrafe ohne Bewährung. Die Angestelltenfliege zieht vor Gericht die beste Show ab, die man sich nur vorstellen kann. Ihr junger, karrieregeiler Anwalt holt wirklich das Maximum für sie – und mich – heraus. Fünf Jahre! Wie soll ich das nur überstehen, denke ich, als sie mich nach dem Urteil abführen. Ohne Chance auf Revision. Die Indizien sind erdrückend. Das Sperma und die Wunden in ihrem Gesicht und an ihrem Körper stammen von mir.

„Ich bin ja nicht die Erste, die er sexuell misshandelt hat!", sagte sie unter Tränen aus. Selbst Kojak scheint an meiner Unschuld zu zweifeln. Die Angestelltenfliege klagt auf Entschädigungszahlung, aber das Geld ist offensichtlich nicht ihr eigentliches Interesse. Sie hat sich schon zu oft in ihrem Leben ausnutzen und misshandeln lassen. Einige Praktika absolviert, sich Zugang zu Clubs und freie Getränke organisiert, Übernachtungen. Und ausgerechnet an mir statuiert sie jetzt ein Exempel. Auch die Aussagen der treuen Angestellten helfen mir nicht, obwohl sie aussagen, dass sie über den Bürofunk gehört hätten, wie die Angestelltenfliegen sogar damit prahlten, wenn sie mit mir oder Kojak im Bett gewesen waren. Die Wahrheit, die das Gericht feststellt, sieht so aus: Ich sei auf der Party betrunken gewesen und hätte die Klägerin zum Verkehr in mein Büro gelotst und sei nach anfänglichem Einvernehmen plötzlich brutal geworden. Ich hätte sie während des Aktes wiederholt zu Boden gestoßen, getreten, geschüttelt und letztlich mehrfach vergewaltigt. Sie habe keine Chance gehabt sich mir zu entziehen und zu fliehen. Claudi wird auch befragt und antwortet ehrlich. Leider zu ehrlich. Denn wir haben schon sehr viele Partys für unsere Rockstars geschmissen. Mit viel Alkohol, Drogen und Frauen. Denn für Kojak sind auch Nutten ein legitimes Mittel im Verhandlungsgeschäft.

Kojak streicht sich über die Glatze. Die Angestellte arbeitet weiter im Label, als ich in das Gefängnis gehe.

„Alles wieder dahin. Wie waren Ihre ersten Tage im Gefängnis?"

„Ich habe unerwarteten Besuch bekommen."

„Das besprechen wir beim nächsten Mal."

Nachdem wir uns verabschiedet haben, gehe ich in den Besucher-
raum.

ZWEITER BESUCH

Als ich den Besucherraum betrete, begegnet mir ein sehr vertrauter, durchdringender Blick. Es ist die Schwarzhaarige, die netterweise auch meinen Sohn mitgebracht hat, um mich so richtig zu demütigen, aber sie scheint doch sehr nervös dabei.

„Moonchild, das ist David, dein Sohn. Du hast dich ja nie wieder gemeldet, also, was für eine wunderbare Gelegenheit, dass ihr euch hier endlich kennenlernt", eröffnet sie das Gespräch noch im Stehen.

Wir setzen uns einander gegenüber.

Das Kind steht neben ihr und wirkt in dieser unangenehmen Atmosphäre vollkommen ruhig. Es grinst mich an und sieht aus wie dem Katalog entsprungen, perfekt gekleidet und professionell frisiert. Auch die Mutter macht einen blendenden Eindruck. Sie hat fast wieder ihre alte Figur, trainiert anscheinend und wählt ihre Klamotten mit Geschmack.

„Ich will deine Aufmerksamkeit nicht länger als nötig beanspruchen. Also, ich habe da jemanden kennengelernt, bei dem wir jetzt wohnen."

Ich möchte sie auf keinen Fall unterbrechen, weil ich sehr neugierig darauf bin, ob nun das folgt, was ich denke, und nicke nur.

„Es ist so: Wir möchten heiraten."

Das klingt alles so, als spulte jemand einstudierte Sätze aus einem abgedroschenen Bühnenstück ab.

„Glückwunsch, so weit haben wir beide es nicht geschafft."

Sie nickt fahrig und sieht mir, wie schon die ganze Zeit über, nicht in die Augen, sondern vor sich auf die leere Tischplatte. Sie scheint überhaupt nicht zu interessieren, ob ich etwas zu sagen habe. David andererseits starrt mich die ganze Zeit wortlos an und grinst immer noch.

„Ja, haben wir wohl nicht. Es ist jetzt nur so, dass wir David – das verstehst du sicher – endlich ein stabiles Zuhause geben möchten."

Stabil? Wohnt ihr in einer Bambushütte?, denke ich.

„Um es kurz zu machen: Wir möchten dich bitten, David zur Adoption frei zu geben."

Sie sieht mich jetzt zum ersten Mal an, seit ich den Raum betreten habe.

„Kann ich sehr gut verstehen, so ein Vergewaltiger als Vater dieses Unschuldslammes kommt auf den Barbecues in der Idylle bestimmt nicht gut an", antworte ich und schaue dabei zu David, der mich immer noch angrinst.

„Kann euch dein Neuer denn gut ernähren?", frage ich.

„Ja, kann er. Er führt ein erfolgreiches Start-Up-Unternehmen. So ein Internetzeugs. Wir haben uns gerade ein Reihenhaus gekauft. Oder besser gesagt, er hat es gekauft."

Ich muss lachen. Das ist einfach zu komisch. Mit Kinderschaukel im eingezäunten Vorgarten, einem süßen, aber nicht zu großen Hund, und ein zwei Mal im Jahr nach Mallorca oder in die Berge. Da stört so ein Vergewaltiger wie ich natürlich. Weil ich nicht davon ausgehe, dass ich David in ein paar Jahren, nach meiner Entlassung, zum Papa-Wochenende vom Reihenhaus in der Vorstadt abholen will, stimme ich zu. Sie strahlt, vor Glück fließen Tränen und rollen ihre dezent geschminkten Wangen hinab.

„Eines musst du aber wissen: Ich sitze hier zu Unrecht. Ich bin kein Vergewaltiger. Die Schlampe hat mich reingelegt."

Sie scheint das überhören zu wollen und steht auf. Schnell zurück, ins Reihenhausparadies, um mit Mister Moneymaker einen Prosecco auf das freudige Ereignis zu trinken, bevor er sie in Missionarsstellung in den Schlaf langweilen darf.

Als die Schwarzhaarige mit dem Kleinen den Raum verlassen will, dreht David sich um und verabschiedet sich von mir.

„Tschüss, alter Papa."

Es ist das erste Mal, dass ich ihn sprechen höre. Er hat eine wunderschöne, glockenklare Stimme.

Danach geht die Folter in meiner Zelle wieder los. Bei meiner Rückkehr habe ich auch dort Besuch, der bis zum Ende meiner Haftzeit nicht mehr verschwinden wird.

Kapitel 5

„Nehmen Sie die Medikamente auch regelmäßig, die ich Ihnen gebe?"

„Ja, sicher", lüge ich sie an.

„Jetzt sind wir in Ihrer Erzählung ja schon bald an dem Punkt, an dem wir beide uns kennenlernen, nicht wahr?"

„Korrekt", sage ich.

„Erzählen Sie mir von den ersten Tagen im Gefängnis. Wie fühlten Sie sich in Ihrer Zelle? Allein?"

„Ganz und gar nicht."

„Na, Vergewaltiger? Und du dachtest, ich sei ein schlechter Vater. Hast du wirklich gedacht, dass du es besser machen wirst als ich?"

Das ist nicht das letzte Mal, dass ich in meiner Zelle die Stimme meines Alten höre. Ich habe nicht nur fünf Jahre abzusitzen, sondern eine lebenslängliche Strafe erhalten, die ich in Isolationshaft mit ihm in meinem Kopf absitzen werde.

Mit den Sachen, die mir Kojak anfangs vorbeibringt, mache ich es mir in meiner kleinen Zelle so gemütlich wie möglich und von der Gefängnisleitung erlaubt. Die Umgestaltung macht den einsamen Aufenthalt erträglicher, aber mir fällt auf, dass ich keine Fotos besitze, die ich als Erinnerung an mein Leben draußen aufstellen könnte. Ich bin nicht wirklich traurig darüber, denn Fotos haben für mich schon immer etwas Unheimliches, Unwirkliches. Für die

Ewigkeit eingefrorene Eindrücke von Menschen und Dingen, die künstlich lächeln und leuchten, um sich dem Betrachter für einen kurzen Moment von ihrer Schokoladenseite zu präsentieren. Gleich nach dem Erlöschen des Blitzlichts zeigen sie dann ihr wahres Gesicht. Locken mit Kaninchenbabys kleine Jungs in den Stall, bringen Unschuldige als Vergewaltiger ins Gefängnis. Diese verlogene Schlampe!

„Tja, Weichei, die hat dich ganz schön reingelegt. Die lügt so gut, wie sie bläst, oder?"

Ich höre meinen Vater hämisch lachen. Ich hätte es besser wissen müssen. Ich hätte mir Nutten kaufen sollen. Ehrliche Kohle für Sex ohne Gefühle, ein fairer Deal, nicht mehr oder weniger, als ich brauche. Nicht einmal gespielte Leidenschaft ist nötig, Triebabbau reicht mir völlig. Man sieht ja, wohin Emotionen führen. Wäre ich emotionslos geblieben und hätte ich mich an dem Abend nicht vergessen, wäre mir das hier erspart geblieben.

Die Stimme meines Vaters reißt mich regelmäßig aus den Gedanken. Das Problem ist nicht die Stimme, die zu hören ich gewohnt bin, das Problem ist, dass sich die Stimme nicht mehr nur in meinem Kopf befindet, sondern aus dem stinkenden Körper auf der Pritsche neben mir kommt. Ich sehe ihn jetzt, den Leibhaftigen in seiner vollen, gealterten Pracht. Sein vom Alkohol aufgeblähter Wanst in einem fleckigen weißen Unterhemd erscheint mir in diesem kleinen Raum viel größer, als ich ihn in Erinnerung habe. Den schmierigen Schädel hat er auf ein Kissen gebettet, die Beine liegen überkreuz. Auf dem Boden steht die obligatorische Bierflasche, die er mit seiner rechten Hand hektisch befummelt.

„Endlich bekommst du deine gerechte Strafe, Weichei."

Er nimmt einen großen Schluck aus der Flasche.

„Ich habe diese Schlampe nicht vergewaltigt."

„Das meine ich auch nicht. Ich meine die Strafe dafür, dass du deine Mutter umgebracht hast, Weichei."

„Lass den Jungen in Ruhe!"

Die Stimme meiner Mutter. Sie klingt exakt so, wie ich sie in Erinnerung habe, gläsern und sanft. Jetzt aber spricht sie mit einer Bestimmtheit, wie ich sie von ihr nicht kannte.

„Du hast ihn doch schon immer vor allem da draußen beschützt, darum ist er ja erst zum Weichei geworden!", protestiert mein Vater.

Mir wird übel vom Geruch des Alten, der inzwischen den ganzen Raum ausfüllt. Ich ziehe mir das dünne Anstaltslaken über den Kopf. Ich bin wieder Zuhause, denke ich, und schließe die Augen.

Als ich wieder aufwache, halte ich den nächtlichen Besuch noch für einen bösen Traum. Aber ich bemerke, dass ich in Erbrochenem liege.

„Willkommen zu einem weiteren Tag in deiner persönlichen Hölle, Weichei!", begrüßt mich der Alte, nebenan auf der Pritsche liegend. Er frühstückt bereits und nuckelt an seiner Bierflasche, die nicht leer zu werden scheint.

„Hast wohl geglaubt, du wirst mich los, was?".

Ja, das dachte ich tatsächlich, denke ich.

„Ganz ruhig, Junge. Lass dich bloß nicht von ihm provozieren", versucht die Stimme in meinem Kopf mich zu beruhigen, „du weiß doch, wie er ist."

Mein Alter macht eine abwertende Geste.

„*Dann bin ich zu Ihnen gekommen.*"

„*Das haben Sie ganz richtig gemacht. Und wie möchten Sie jetzt weitermachen?*"

„*Wie meinen Sie das?*"

„*Ihre Haftstrafe ist abgegolten.*"

„*Was?*"

„*Ich gebe Ihnen Medikamente mit. Und meine Visitenkarte. Wir können die Sitzungen in meiner Praxis in der Stadt weiterführen, wenn Sie möchten. Dazu möchte ich Ihnen dringend raten. Von wem werden Sie abgeholt?*"

„*Ich denke, Kojak wird da sein.*"

„*Bleibt mir nur, Ihnen eine gute Wiedereingliederung zu wünschen und zu hoffen, dass Sie sich in meiner Praxis melden.*"

„*Danke. Bestimmt. Wir sehen uns dann.*"

Ich nehme die Medikamente und die Visitenkarte und ziehe die Tür hinter mir zu.

Ich stehe bald mit meinem Koffer vor der Vollzugsanstalt, wo Kojak mich aufgabelt und nach Hause in unsere COMA-Welt bringt. Dort lebe ich mich langsam wieder ein, gehe aber nicht ins Label oder in den Club hinunter. Alles, was ich benötige, lasse ich mir von Mitarbeitern hoch ins Loft bringen und zwar dann, wenn ich nicht da bin. Ich möchte nicht, dass sie mich sehen, mitleidig oder gar vorwurfsvoll anschauen. Als ihr Chef möchte ich nicht als Weichei vor ihnen dastehen. Die Mitarbeiter gewöhnen sich an die Abläufe und die Kommunikation läuft reibungslos.

Eines Tages meldet sich Kojak mit dem zwischen uns vereinbarten Klopfzeichen an der Wohnungstür. Wir setzen uns in meine neue Couchgarnitur. Unter der Bedingung, dass alles erledigt wird während ich außer Haus bin, hatte ich gleich nach meiner Rückkehr aus dem Gefängnis einen Innenarchitekten beauftragt, die Wohnung zu modernisieren. Das erschwerte zwar seine Arbeit etwas, dafür wurde er aber auch fürstlich bezahlt.

„Schön geworden."

Kojak lobt das neue Interieur.

„Aber auch sehr kostspielig."

Die Renovierung war auf Kosten unserer Firma gelaufen.

„Moonchild, ich muss dir leider sagen, inzwischen sieht es eher übel aus mit unseren Geschäften."

Die grundlegende Umwälzung im Musikbusiness macht uns zu schaffen. Jede Fan-Generation will den Soundtrack ihres eigenen Lebens. Aber diese jetzt legt sich überhaupt nicht gerne fest. Zuerst kopierten sie in qualitativer Hinsicht verlustfrei CDs von Bands, die für neue musikalische Strömungen stehen, später tauschen und laden die Kids nur noch nackte, seelenlose MP3-Dateien auf beliebige Ausgabegeräte mit billigen Kopfhörern, was der Tonträger-Industrie den endgültigen Todesstoß versetzt. Major Companies gehen pleite, herkömmliche CD-Verkaufszahlen sinken seit Jahren im Sturzflug.

Zwar bedeutet es wenig bis gar kein Risiko, Nostalgie-Acts aus ihrer Bedeutungslosigkeit auferstehen und spielen zu lassen, mit deren Ticketverkäufen bewegen wir uns auf der sicheren Seite. Ihre Fangemeinde, die aus dem gröbsten Reihenhausnestbau wieder heraus ist und hüfttief mit der polierten Harley Davidson im Vor-Midlife-Crisis-Morast und einem ganzen Haufen Erwachsenenscheiß feststeckt, diese neue Fan-Generation von Gutverdienern ist vergnügungssüchtig genug, um jeden Ticketpreis zu bezahlen. Wenn mutige Menschen an die Kraft der Musik glauben und sich persönlich der Sache ohne Angst vor Verlusten verschreiben, ist vieles möglich. Eitelkeit kann dabei aber auch ein hilfreicher Motivator und Motor sein, das gilt jedenfalls für viele alte Musikantenfliegen, alte Metal Rock Bands, die bis jetzt irgendwie überlebt haben und sich treu geblieben sind und für die sich seit Grunge keiner mehr interessiert hat. Bei uns und den anderen Open Airs der Szene treten sie wieder auf. Mittlerweile lohnt sich das richtig für die Bands, Gagen von 250000 Euro und mehr pro Show sind für die Flaggschiffe unter ihnen keine Seltenheit.

Das C.O.M.A-Festival ist für uns aber wirtschaftlich ein Fass ohne Boden, es sei denn, wir machen es wie viele andere und heuern immer mehr Newcomer-Bands ohne Gage an, mit dem Argument, ihr Auftritt mit den ganz Großen sei ihre Chance auf zukünftige Bekanntheit. Mein Prozess hatte die Firma zusammen mit der Entschädigung und der Abfindung für die Mitarbeiterin auch einiges gekostet. Kurz: wir stehen nicht gerade gut da, sagt Kojak, und wir haben uns ganz schön verzettelt. Die fetten Jahre sind auch für uns erstmal wieder vorbei. Nach unserem schnellen Wachstum und der Diversifizierung in verschiedene Geschäftsfelder müssen wir bescheidener werden und ein paar Dinge abgeben. Unser Stammge-schäft, der Club, hält uns prima über Wasser, aber ab sofort müssen wir überzähligen Mitarbeitern betriebsbedingt kündigen. So dürften wir noch lange gut durchhalten.

Mein Vater sitzt die ganze Zeit neben uns im schönen Mid-Century-Sessel und verfolgt unser Gespräch. Hoffentlich stolpert Kojak beim Hinausgehen nicht über den Bierkasten neben ihm, denke ich kurz. Auch meine Mutter ist da und versucht mich mit aufmunternden Blicken zu trösten. Diese Kopfschmerzen bringen mich noch um. Bin ich froh, wenn ich mich gleich wieder hinlegen kann.

„Moonchild? Alles gut? Okay, ich sehe, du brauchst noch etwas Zeit, aber ich wollte dich unbedingt auf dem neuesten Stand halten."

Kojak verabschiedet sich freundlich und lässt mich mit meinen Eltern wieder allein.

Mir kommt es vor, als seien nach diesem Gespräch nur wenige Tage vergangen, bis ich mitten in der Nacht aus dem Schlaf gerissen werde, nicht von meinen Eltern, sondern vom Läuten an der Tür. Kojak hätte geklopft, deshalb schleiche ich mich leise heran und versuche durch den Türspion zu erkennen, wer da steht. Viel zu früh.

Es ist Claudi, völlig aufgelöst.

„Kojak, er ist im Club zusammengebrochen, sie haben ihn ins Krankenhaus gebracht."

Mein Gott, das musste ja so kommen, denke ich sofort. Der Arme rackert seit Jahren und Monaten, Tag und Nacht, während ich im Gefängnis abhänge oder mich hier zurückziehe! Und der Jüngste ist er ja auch nicht mehr! Die geschäftliche Umstrukturierung hat ihm auch zu schaffen gemacht, das ist ihm wohl alles zu viel geworden.

„Die haben einen Hirntumor bei Kojak gefunden, Moonchild!", flüstert Claudi.

„Das kommt alles nur davon, dass du mich zu oft auf die Glatze geküsst hast, du Spinner!", begrüßt mich Kojak liebevoll, als ich sein Krankenhauszimmer betrete. Seine Stimme klingt dünn und er sieht übel aus, so schwach, dass ich diesen griechischen Adonis kaum wiedererkenne.

„Moonchild", er zieht mich zu sich heran, „falls das hier schief geht …"

Er erzählt mir, was ich im schlimmsten Fall zu tun habe. Ich möchte eigentlich gerade nichts davon wissen, aber er besteht darauf, dass ich mir alles anhöre. Und das ist sehr gut so, denn Kojak stirbt einige Tage später bei der Operation. An seinen letzten beiden Tagen bin ich rund um die Uhr bei ihm. Als man ihn für den Eingriff vorbereitet und er schon geistig nicht mehr ganz da ist, halte ich seine Hand und erzähle ihm Geschichten von früher, die wir gemeinsam erlebt haben. Ich darf ihn noch einmal sehen, als seine Seele die Körperhülle gerade erst verlassen hat. Meine Tränen fallen auf das Laken, mit zitternder Hand streichle ich ihm noch einmal über den Kopf und gebe ihm einen letzten Kuss auf seinen nackten griechischen Schädel.

„Schon wieder einer, den du auf dem Gewissen hast, Weichei!"

Mein Vater lehnt lässig an dem leeren Wäschewagen neben Kojaks Bahre.

„Halt doch mal deine versoffene Fresse!", schreie ich ihn an und renne aus dem Raum.

Zuhause angekommen stürze ich mich in Arbeit und leite sämtliche Maßnahmen so ein, wie Kojak sie mir aufgetragen hat. Zum ersten Mal seit sehr langer Zeit sitze ich dafür wieder in meinem Büro. Die Couch, auf der ich die Angestellte damals vergewaltigt haben soll, ist dankenswerter Weise entfernt worden. Während ich die Filetstücke der Firma nach und nach verkaufe, bereite ich auch Kojaks Urnenbeisetzung vor. Er wollte in Griechenland seine letzte Ruhestätte haben, direkt neben seinem Vater und seinem Großvater, die ihn zu einem guten Handwerker und großartigen Menschen erzogen haben. Eine gute Wahl, Kojak. Es gibt schlimmere Begleitung in die Ewigkeit, davon kann ich dir ein Lied singen.

Kapitel 6

Auf dem Überführungsflug denke ich sehr dankbar an Kojaks gute Ratschläge, die sich für mich in barer Münze auszahlen werden. Durch den Verkauf des Labels und all seiner Rechte bin ich ein Leben lang finanziell versorgt, so viel ist sicher. Trotz der Krise unserer Branche. Auch der Verkauf des Lofts wird ein sattes Sümmchen ergeben, da die Immobilienpreise in der Medienstadt in den letzten Jahren ins Unermessliche gestiegen sind.

„Dein Freund Kojak hat den besten Platz von uns allen da unten beim Gepäck!"

Mein Vater hockt klagend auf dem Gang zwischen den Sitzreihen mit mir im Flugzeug. Ich ignoriere ihn. Das ist das Beste, was ich tun kann, der Weißkittel in der Medienstadt beißt sich an meiner Therapie die Zähne aus, nichts wird besser, egal wie oft wir uns noch unterhalten.

In Griechenland angekommen, nehme ich mir ein Flughafen-Taxi und lasse mich in den Geburtsort Kojaks bringen, ein kleines verschlafenes Nest am Meer. Dort steige ich in einer kleinen Pension ab, die von einem älteren Mann geführt wird, der täglich zweimal den kleinen Garten der Pension bewässert. Außer mir ist da nur noch ein junges Touristenpärchen, mit dem ich aber keinen Kontakt pflege. Der griechischen Sonne ist es egal, dass gerade keine Hauptsaison ist. Sie knallt ohne Erbarmen auf uns herab.

Kojaks Ruhestätte liegt wunderschön am Rand des Dorfes, ein kleiner Dorffriedhof auf einem kleinen Hügel mit einer malerischen kleinen Kirche und einem Olivenhain. Wie von Kojak gewünscht, sind außer mir keine Gäste eingeladen. Es kommen trotzdem Leute aus dem Dorf, darunter auch mein Pensionswirt, um Elvis die letzte Ehre zu erweisen. Die ganze Zeremonie ist so still und würdevoll verlaufen, wie es Kojak zusteht. Mein festliches weißes Hemd flattert in einer leichten Brise.

Die Ersten verlassen den Friedhof, der Ort leert sich nach und nach. Mein Wirt kommt als Letzter zu mir herüber, wischt sich Tränen aus dem Gesicht, nickt mir zu und streichelt meine Hand. Dann verlässt auch er den Friedhof und ich stehe ganz allein in der Stille der ausklingenden Nachmittagshitze vor dem geschmückten Grab. Klassisch schlicht, wie Kojak es mochte.

„So, Elvis also", flüsterte ich.

Als ich das Geräusch von Schritten hinter mir wahrnehme, drehe ich mich um und sehe die Schwarzhaarige mit David auf mich zukommen, der unglaublich gewachsen ist, seit er sich von seinem alten Papa im Besucherraum der Haftanstalt verabschiedet hat. Davids neuer Papa bleibt hinten am Eingangstörchen des Friedhofs stehen. Ich kann lediglich seine Silhouette erkennen. Als die beiden vor mir stehen, sehe ich die Tränen der Schwarzhaarigen unter den großen dunklen Sonnenbrillengläsern herunterlaufen.

„Es tut mir so leid, Moonchild. Das Label hat mich informiert, ich wollte von ihm Abschied nehmen. Ehrensache."

Wir umarmen uns. Auch David umarmt halb seine Mutter, halb mich. So bleiben wir eine ganze Weile stehen, wie eine klassische griechische Skulpturengruppe, so lange, dass die Sonne sich entschließt, es für heute genug sein zu lassen und beginnt, ins Meer einzutauchen.

Die Schwarzhaarige zieht eine Flasche Ouzo aus ihrer Tasche, drückt sie mir in die Hand und kramt noch zwei kleine Gläser heraus. Wir stoßen an und kippen den Ouzo in einem Zug herunter.

„Rock'n'Roll", sagte sie, während sie den restlichen Ouzo aus der Flasche laufen lässt und gleichmäßig über Kojaks Grab verteilt.

„War er dein bester Freund?", fragt mich David, als wir langsam zurück zum Ausgang des Friedhofs gehen.

„Ja, David, das war er", antworte ich.

„Mein Beileid, Moonchild", sagt der Neue der Schwarzhaarigen, als wir das Friedhofstor passieren.

Er ist ein gutaussehender Typ, elegant, sportlich gekleidet. Er trägt einen gepflegten Vollbart und hat eine durchtrainierte Figur. Tattoos blitzen unter seinem hochgekrempelten Hemd hervor. Wir verabreden uns für den Abend im einzigen Dorfrestaurant, um diesen denkwürdigen Tag gemeinsam, natürlich wieder mit Ouzo, ausklingen lassen. Ich erzähle den beiden dabei vom Verkauf des Labels und dass ich ab sofort Privatier sein möchte und nur noch nach einem Ort suche, an dem ich mich niederlassen kann.

„Komm uns doch besuchen, hast ja dann Zeit", schlägt David vor. „Wir haben ein Swimmingpool und sogar einen eigenen Tennisplatz!"

Die Schwarzhaarige und ihr Neuer lächeln verlegen.

„Ja, lief gut mit meiner App", sagt Davids neuer Papa, der offensichtlich ein wirklich gutes Näschen für neue Technologien hat.

„Also, David, Tennis ist nicht so mein Ding", antworte ich. „Aber was hältst du denn davon mit mir in deinen Ferien auf einen Roadtrip zu gehen?", frage ich spontan in die Runde.

„Ein verurteilter Vergewaltiger mit psychischen Problemen auf einem Roadtrip mit einem Kind", höre ich Davids Erziehungsberechtigte denken. Aber inzwischen ist David zu einem Teenager herangewachsen und neugierig auf den Typen, den alle Moonchild nennen, und eine optische Ähnlichkeit zwischen mir und meinem Sohn ist auch nicht zu bestreiten. Ich überlege, ob meine neuen Vatergefühle etwas mit dem Ouzo zu tun haben könnten, der mir gerade durch die Adern schießt.

„Darf ich?", bettelt David seine Eltern an.

„Das besprechen wir später genauer", sagt die Schwarzhaarige knapp und diplomatisch unverbindlich. „Heute feiern wir Kojak."

Ich kenne sie gut und mir teilt ihr Gesichtsausdruck unmissverständlich mit: Du wirst mit David nirgendwo hinfahren, du Psycho! Ich mache das hier gerade nur aus Mitleid für dich mit! Dann verschwinde ich mitsamt meiner Bilderbuchfamilie wieder aus deinem Leben. Für immer, du Vergewaltiger!

„Sie hat vollkommen recht, Weichei!", ruft mein Alter vom Nebentisch und zwinkert mir zu, während er sich die Weinflasche an den Mund setzt.

„So ein hübscher Junge, unser Enkelkind! Engelsgleich", höre ich meine Mutter glucksen.

Das Hupen des schrottreifen Autos, das gegenüber meiner Veranda parkt, reißt mich aus meinen Gedanken. Nach Kojaks Beerdigung habe ich mein Loft in der Medienstadt wie erwartet mit immensem Gewinn verkauft. Zusammen mit dem Erlös aus dem Verkauf des Labels und des Clubs sowie der Festivalrechte habe ich genug Geld, um mir ein Häuschen in der Kleinstadt zu kaufen. Eine üppige Rente ist mir bis ans Lebensende sicher. Die Gegend ist landschaftlich schön, liebliche Hügel und Weinberge, verstreut in einem wenig strengen Klima. Die Sonne verwöhnt mit purpur- und pastellfarbenen Auf- und Untergängen und die langen Sommernächte sind mild und sternenklar. Das genügt mir für meinen Seelenfrieden, einen Therapeuten habe ich nach meinem Umzug nicht wieder aufgesucht.

Ein hagerer Teenager, der mich an Goldspoon erinnert, steigt mit einer Kippe im Mundwinkel aus dem verbeulten Wagen. Gerade als er den Kofferraum öffnet, hebt sich quietschend das Garagentor des Hauses gegenüber. Eine Gruppe blasser Teenager tritt vom Tageslicht geblendet blinzelnd heraus. Man begrüßt sich übertrieben lässig maskulin bevor man Gitarrenverstärker und weiteres Equipment aus dem Wagen in die Garage schleppt. Während ich ihnen dabei zusehe, spüre ich den Schmerz in meinem Rücken. Eure Bandscheiben werden sich rächen, denke ich voller Mitgefühl. Die Jungs sehen unbeschwert und fröhlich aus, wie Kleinstadt-Teenager aussehen sollten, wohlbehütet. An diesem heißen Sommertag würde man Jugendliche dieses Alters eher im Freibad vermuten als in einer dunklen, muffigen Garage. Schau an, der Rock'n'Roll scheint doch noch nicht tot zu sein, denke ich, als das Garagentor die Teenager verschluckt wie ein rostiges Walfischmaul.

Ich wünsche den Kids alles Gute und kann nur hoffen, dass sie smart genug sind und dass sie sich nicht abzocken lassen, falls sie es mit dem Musikmachen ernst meinen sollten. Inzwischen hat die Musikindustrie sich etwas vom „Copy-kills-Music"-Effekt erholt. In den alten Verträgen sind aber die Streaming-Ausschüttungen schlecht oder gar nicht geregelt. Die Plattenfirmen, die mittlerweile ordentlich vom Streaming profitieren, speisen die Künstler in solchen Fällen mit einem Nasenwasser ab. Die jungen, unerfahrenen Bands kommen häufig auf die nachvollziehbare Idee, ein eigenes

Label zu gründen, um ihre Musik darauf zu veröffentlichen. Sie unterschätzen aber den Marketingaufwand und die Vertriebskosten. Ein Hit katapultiert sich selten von allein über Nacht in den Reichweiten-Musikolymp der gängigsten Internetplattformen. Dieser Streamingscheiß nimmt sogar Einfluss auf das Songwriting. Es ist schlicht lohnender mehrere kurze Songs auf ein Album zu packen, als ein episches 'November Rain' zu schreiben, witzigerweise das inzwischen meistgeklickte Musikvideo der 90er, das längst eine Milliarde an Aufrufen geknackt hat. Gut, das Ding hat auch mal 1,5 Millionen Dollar gekostet. Streamingdienste bezahlen pro Song, und es ist völlig egal, wie lang der ist. Gewertet als Stream-Abruf und ausbezahlt wird ein Song allerdings erst nach dreißig Sekunden Abspielzeit. Stücke wie 'Stairway to Heaven' sind aus betriebswirtschaftlicher Sicht heute ineffizient und unrentabel – so viel Song für so wenig Kohle? Lange atmosphärische Intros? Kontraproduktiv. Und Leute, die behaupten, dass eine einzelne 15 € teure CD eines einzelnen Künstlers unattraktiver ist als ein 9,99 € Streaming-Abo, hasse ich als Romantiker sowieso. Wo bleibt da der Werkgedanke? Ich habe noch Vinyl-LPs für 19,90 DM gekauft und mich als Teenager in ‚Peters Plattenladen' so lange rumgedrückt, bis ich nach Stunden an Peters Kopfhörern die finale Kaufentscheidung getroffen habe. Da kam nur Qualität auf den heimischen Plattenteller! Aber wer weiß es schon zu sagen: Vielleicht wären Black Box heutzutage erfolgreich geworden, weil sie der Algorithmus dem einen oder anderen Kid in die Playlist gespült hätte. Ohne diesen Vertrag mit dem Major wäre vielleicht alles anders gekommen.

Apropos tot.

„Damals, noch im Knast, hast du gesagt, ich bekäme endlich meine verdiente Strafe, weil ich Mutter auf dem Gewissen hätte.

Was sollte das heißen?", frage ich meinen Alten, der im Stuhl neben mir sitzt und an einer Bierdose nuckelt.

„Weichei! Weißt du das denn nicht mehr? Du hattest hohes Fieber und deine Mutter machte sich große Sorgen, dass du kaputt gehen könntest. Ich hatte ja ausnahmsweise schon Alkohol getrunken und deshalb fuhr sie, sie musste ja unbedingt sofort alleine los, und da hatte sie einen Unfall auf dem Weg zur Apotheke. Hektisch wie sie war! Du hast sie also auf dem Gewissen, Weichei!"

Eine Rockband direkt gegenüber. Das kann ja lustig werden.

„Hoffentlich sind diese langhaarigen Weicheier nicht so laut", motzt mein Vater.

Ich hoffe es insgeheim. Laut und wild sollen sie sein. Unbekümmert und frei vom Anspruch auf Perfektion. Sie sollen sich einen Dreck um Konventionen und Erwartungen scheren. Einfach nur frei sein.

Kapitel 7

David erkundigt sich bei der Krankenschwester:

„Wie geht es ihm?"

„Schwer zu sagen", antwortet die Schwester.

„Kann er mich hören?"

Die Schwester zuckt mit den Schultern um ihm zu zeigen, dass sie nicht mehr weiß als er.

„In den letzten Wochen war er oft sehr unruhig und ist auch aggressiv gewesen. Wir mussten ihn deshalb fixieren. Als Schutz für ihn und andere."

Die Schwester schenkt David einen entschuldigenden Blick.

„Er hat meine Kollegin angegriffen, als die ihn wenden wollte."

David sieht der schwarzhaarigen Schwester zu, wie sie an Kabeln nestelt.

„Er schien verwirrt zu sein und hat zunehmend unzusammenhängende Dinge erzählt. Viel über seine Jugendzeit. Wir konnten es nicht wirklich verstehen. Hat er denn früher Drogen genommen oder ist er Alkoholiker? Entschuldigen Sie die Frage, es geht mich ja nicht wirklich etwas an."

„Nein", antwortet David.

„Und hieß sein Vater Costa oder Lou?"

„Nein. Er hat sehr gerne Rockmusik gehört und war als Jugendlicher und auch später noch oft auf Konzerten seiner Idole. Er hat sogar selbst irgendwann in einer Band gespielt. Das hat mir meine Mutter erzählt."

„Ich sage ja, er war kaum noch zu verstehen und es wirkte alles sehr wirr und verstört. Bis wir ihn dann wegen des allmählichen Organversagens ins künstliche Koma versetzen mussten. Er hat sich zuletzt so gequält und gestöhnt, immer hatte er ein schmerzverzerrtes Gesicht und er weinte so viel."

David nickt und starrt abwechselnd auf das Bett und die medizinischen Geräte daneben. Die Beatmungsmaschine erzeugt monoton rhythmische Geräusche.

„Sind Sie bereit?", fragt die Schwester.

David nickt unsicher.

„Ich weiß, so eine Entscheidung zu treffen ist unglaublich schwer. Für Sie, wenn Ihre Mutter auch erst vor kurzem verstorben ist, umso schwerer. Aber glauben Sie mir, Sie handeln richtig. Bei Ihrem Vater ist bereits der Hirntod festgestellt. Ohne diese Maschine wäre er nicht mehr hier."

„Ja, ich verstehe, gut, in Ordnung, holen Sie bitte den Arzt."

Ein kleines Team aus Ärzten und Schwestern steht plötzlich am Bett. Als er gefragt wird, ob er bereit ist, nimmt David seinen ganzen Mut zusammen und gibt die Zustimmung dafür, dieses Leben enden zu lassen:

„Schalten Sie die Maschine ab."

„Jetzt beeile dich mal gefälligst, Weichei!"

Mein Vater sitzt gelangweilt auf der Fensterbank und sieht zu, wie die Schwester den leblosen Körper mit einem frischen Laken abdeckt.

„Komm Junge, dein Vater hat ausnahmsweise recht: Es reicht jetzt wirklich."

Meine Mutter flüstert mir sanft ins Ohr.

Ich ziehe mein Zertifikat unter der Matratze des Krankenhausbetts hervor und gehe mit nackten Füßen auf meine Eltern zu, die am Fenster darauf warten, dass ich meine tote Hülle im Bett hinter mir lasse. Wir verlassen den Raum und folgen dem heute besonders hellen Leuchten des Mondes. Ich drehe mich um, als ich David schreien höre:

„Papa! Papa! Nikolai, Nikolai, Nikolai!"

Kapitel 8

„Sind wir auf dem Mond?"

„Ruhig, ganz ruhig. Alles ist gut."

Ich sitze aufrecht und schweißgebadet im Bett.

„Ist das hier der Mond?"

„Nee, du. Aber auf den Mond hätte ich dich heute Nacht fast geschossen, Nikolai!"

Ich bemerke eine haselnussgroße Fliege, die panisch immer wieder gegen die Fensterscheibe anfliegt. Die Vorhänge sind aufgezogen und das Fenster, durch das die ersten Sonnenstrahlen des Tages fluten, ist gekippt. Der Hitze wegen und als dezente Aufforderung an die Fliege endlich abzuschwirren. Die Schwarzhaarige schimpft und beginnt zu lachen.

„Das blöde Vieh hat nicht rausgefunden. Die nervt mich schon die ganze Nacht! Immer wenn ich das Licht angemacht habe, war sie natürlich unauffindbar! Einmal hätte ich sie dir fast schon vom Gesicht geschnappt. Aber gerade da hast du dich im Schlaf bewegt und sie weggewischt. Und dann hast du dich gekratzt wie ein Verrückter und weitergeschlafen, wenn man das so nennen kann."

Ich orientiere mich langsam in dem mir immer noch fremden Raum.

„Was hast du denn da bloß geträumt? Ständig hast du gebrabbelt und bist wild herumgeturnt im Bett. Naja, ich weiß ja, das ist sicher der Stress, den du gerade in der Agentur hast."

Jetzt erkenne ich endlich, wo ich mich befinde. Es ist unser Schlafzimmer.

„Und dich richtig wach zu kriegen war auch unmöglich. Einmal hast du sogar nach mir geschlagen. Da habe ich mich verzogen und dich mit der Fliege und deinem Geplapper allein gelassen. Irgendwann reicht's ja auch, echt."

Ich sehe die Schwarzhaarige an. Gott, sieht sie gut aus in ihrem T-Shirt.

„Nikolai, was ist? So hast du mich ja schon lange nicht mehr angesehen. Machst du mich gerade an, oder was?"

Sie wirft sich lachend auf mich. Sie küsst mich und streichelt zärtlich mein Gesicht.

„Ich habe mir heute Nacht richtig Sorgen um dich gemacht. David hat auch Angst bekommen, als er eben hier war. Der hat so laut Papa geschrien, dass ich es sogar unter der Dusche gehört habe."

„Wo ist David jetzt?"

„Der ist in seinem Zimmer. Spielt mit dem neuen Game, das ihm Opa und Oma letzte Woche zum Geburtstag geschenkt haben. Ich weiß, du magst es nicht, wenn er so früh schon an der Konsole hängt. Habe es ihm heute aber ausnahmsweise erlaubt, nach dieser Nacht hatte ich keinen Nerv mich mit ihm zu streiten."

Ich bin noch sehr benommen.

„Opa und Oma?"

„Nikolai. Willst du mich jetzt verarschen? Deine lieben Eltern, erinnerst du dich? Die stehen heute bestimmt auch schon wieder auf dem Golfplatz am Abschlag. Ist ja immerhin schon acht Uhr morgens."

Die Schwarzhaarige lacht und schüttelt den Kopf. Der Duft ihrer frisch gewaschenen Haare steigt in meine Nase. Gott, riecht sie gut.

„Eins musst du mir jetzt versprechen, Nikolai. Nach dieser verdammten Präsentation bei der Brauerei machst du Urlaub, hörst du? Deine Leute kommen auch mal ein paar Wochen ohne dich aus. Claudi und Kostas wuppen das schon. Freust du dich eigentlich überhaupt auf morgen?"

„Morgen? Was ist denn morgen?"

Die Schwarzhaarige schlägt mir auf die Brust.

„Verdrängungskünstler."

„Was ist denn morgen?"

„Sonntag. Hey, du hast mir doch selbst verboten das böse Wort Fünfzig zu sagen, alter Mann."

Jetzt fällt mir es wieder ein. Mein fünfzigster Geburtstag.

„Och, schau doch nicht so traurig. Das wird richtig schön, eine Feier im kleinen Kreis, wie du es dir gewünscht hast. So um Zwölf kommt der Partyservice und baut alles auf. Wetter soll optimal bleiben, heiß, mindestens 30 Grad sagen sie. Apropos: Du wolltest heute noch den Pool säubern."

Ich stehe auf und sehe aus dem Fenster in unseren wunderschön gepflegten Garten.

Die blaue Wasseroberfläche des Pools reflektiert die Morgensonne und das ruhige Wasser funkelt und glitzert.

„Ich glaube, ich sollte dir zur Feier des Tages doch endlich einen Pyjama schenken. Dein altes Moonchild-Bandshirt zerfällt bald in alle Einzelteile. Es ist schon so blass wie dein Tattoo."

„Wie der alte Mann, der drinsteckt, meinst du?"

Wir lachen und ich gehe zurück ins Bett. Wir lieben uns, während die Sonnenstrahlen unsere Körper in sanftes Licht tauchen.

Der Partyservice hat auftragsgemäß stilvoll eine Tafel in unserem Garten aufgedeckt und die Bäume und Sträucher mit Luftballons und Luftschlangen verziert. Der Pool, den ich gestern, in Gedanken noch dem nächtlichen Traum nachhängend, gereinigt habe, wirkt in der sengenden Hitze sehr einladend. Eine große Torte mit einer 50 aus Marzipan steht mittig auf dem Tisch. Meine Eltern, David, meine Frau, mein Firmenpartner und bester Freund Kostas und dessen Lebensgefährtin Claudia, die als Grafikerin bei uns arbeitet, sitzen fröhlich um mich herum. David durfte mir eine selbstgebastelte Krone aus Papier aufsetzen und sieht mich die ganze Zeit über stolz an, auch als mein Vater das Wort ergreift.

„Mein lieber Nikolai!"

„Schrei doch nicht so."

Meine Mutter maßregelt ihn nicht umsonst, er spricht tatsächlich viel zu laut, weil sein Gehör im Lauf der Jahre nachgelassen hat. Mir ist er schon deswegen zu laut, weil es mir immer noch nicht besser geht als gestern. Ich habe leichte Kopfschmerzen und meine Augen brennen.

„Mein lieber Sohn", setzt er nochmals an, „wir haben alle gemeinsam etwas Besonderes als Geschenk für dich vorbereitet. Großer Dank geht an Kostas und Claudi, ohne die wir das nicht hinbekommen hätten."

„Und mir dankt wieder keiner."

Mein Vater lächelt und streichelt zärtlich Mutters Hand. Natürlich danke er ihr auch.

Die Schwarzhaarige bringt mit David eine Staffelei aus dem Poolhaus, auf der eine große, mit einem weißen Laken abgehängte Tafel steht.

„Endlich, ein echter Basquiat! Wollte ich schon immer haben! Danke euch!"

Alle schütteln lachend den Kopf, vor allem David.

„Viel besser, Nikolai!"

Mein Vater hält es kaum aus, mich damit endlich zu überraschen. Ihm perlt Schweiß von der Stirn, Mutter reicht ihm als Erste-Hilfe-Maßnahme eine Serviette.

„Wir haben es Best of Fifty getauft, ein Album deines Lebens."

Claudi zieht das weiße Laken ab. Eine DIN-A0 große Hartschaumplatte ist vollflächig mit einem Babyfoto von mir beklebt.

„Wie süß!"

Die Schwarzhaarige sieht mein altes Leben auf Platte also auch gerade zum ersten Mal und ist hingerissen.

„Das ist dein erster Tag bei uns Zuhause, nachdem ich deine Mutter und dich vom Krankenhaus abgeholt habe."

Dem Vater und der Mutter stehen Tränen in den Augen.

Ich liege in einer Babytragetasche, die auf dem Esstisch aus Massivholz abgestellt ist. Meine Mütze hat knubbelige kleine Wollohren, was das Design meines braun und schwarz geringelten Stramplers schön ergänzt. Ich lache mit noch geschlossenen Augen in die Kamera.

„So ein fröhliches Kind, vom ersten Tag an", sagt Mutter.

Claudi nimmt das Bild von der Staffelei.

„Dein erster Schultag. Da siehst du nicht mehr ganz so fröhlich aus."

Alle lachen. Ich stehe mit einer riesigen Schultüte genervt im Kreis meiner Familie und verziehe das Gesicht.

„Wahrscheinlich hattest du da schon eine Vorahnung, welchen Stress du mal mit der Firma haben wirst", frotzelt Kostas.

„Das war noch die gute alte internetlose Zeit, von der alle reden, Kostas. Von Apps war man damals noch weiter entfernt als der Mond von der Erde", sage ich.

„Dieses schreckliche Kleid. Und diese Frisur. Trug man damals aber so", sagt meine Mutter.

„Du hast in jedem Kleid und mit jeder Frisur gut ausgesehen, mein Schatz."

Vater sieht meine Mutter lächelnd an.

„Habt ihr gehört? Vergangenheitsform, `hast gut ausgesehen'."

Mutter tut ein bisschen beleidigt und alle lachen. Das nächste Bild folgt.

„Dein erstes Investment."

Ich stehe in meinem mit Spielzeug überladenen Kinderzimmer und halte stolz ein Blatt Papier in die Kamera.

„Dein geliebtes Zertifikat, das dich zum Besitzer eines Grundstücks auf dem Mond macht. Hast du in der ersten oder zweiten Klasse im Unterricht aus Zeitschriften gebastelt."

Wieder lachen alle.

„Ich war meiner Zeit eben weit voraus", sage ich unsicher und versuche nicht allzu verkrampft gegen das viel zu helle Sonnenlicht das nächste Bild zu erkennen. Es zeigt mich und Kostas als Teenager im Hobbykeller meiner Eltern bei einer Bandprobe.

„Deine musikalische Phase", sagt mein Vater.

„Gott, haben wir immer Ärger mit den Nachbarn bekommen. Ihr wurdet zwar immer besser, aber leider auch immer lauter!"

Mutter lacht und schüttelt den Kopf.

„Moonchild! Die coolste Band am Ort. Nur noch Nirvana war cooler als wir, was Nikolai?" Kostas lehnt sich zurück und gerät ins Schwelgen.

„O Mann, warst du fertig, als Kurt sich erschossen hat. Was wir machten, war ja noch richtig klassischer Rock, stimmt's, Nikolai? Uns war egal, was gerade angesagt war. Wir wollten nur Spaß haben und den hatten wir! Mein lieber Schieber, unvergessen, oder? Unser erstes Konzert auf dem Acker der Löfflers! Der kleine Löffel hat seinen sechzehnten Geburtstag gefeiert, alle Hacke dicht, einer musste mit einer Alkoholvergiftung sogar ins Krankenhaus. Mann, hat der kleine Löffel Ärger bekommen."

„Oh, Gott, stimmt, das habe ich ja völlig verdrängt. Der hieß bei uns aber Goldspoon, oder?", fällt mir plötzlich ein. Mein Nacken ist schmerzhaft verspannt. Ich habe einen trockenen Mund, es geht mir nicht gut, ich muss mir gleich eine Kopfschmerztablette holen, denke ich. Vielleicht Sommergrippe oder so etwas.

„Der arme Junge. Hat es nicht leicht gehabt, der, mit seinem versoffenen Vater. Den Unfall seiner Frau hat der Alte nie verkraftet, bis zum Schluss nicht. Der Junge hat sich so abgemüht, aber am Ende ist er fast völlig abgerutscht, Drogenmilieu und so. Und macht er sich gut? Du gibst ihm da ja gerade eine echte Chance. Meinst du, er fängt sich jetzt, als dein neuer Fahrer?"

Ich nicke. Auf der langen Fahrt nach Köln neulich, zu diesem Vorgespräch zum Brauereiauftrag, hatten wir Gelegenheit und viel Zeit gehabt, zu reden.

„Ja, der will es unbedingt hinbekommen, er erholt sich gerade, denke ich. Der hat sich ungefähr tausend Mal bedankt, dass ich ihn eingestellt habe."

Nach dem offiziellen Foto zu meinem Abiball, das alle meine Gäste dazu anspornt, sich über meinen unmöglichen Anzug lustig zu machen, wechselt Claudi zum nächsten Bild.

„Dein Diplom", sagt mein Vater stolz. „War das gut, dass du endlich in die Agentur eingestiegen bist und deinen Alten aus seiner eigenen Firma gemobbt hast. Endlich konnte ich mein Golf-Handicap verbessern."

Alle lachen.

„Das wolltest du doch unbedingt, dass ich da einsteige, Vater. Aber meine Güte, war das ein Kampf, bis du mit meinen Ideen glücklich wurdest", grinse ich trotz der schmerzenden Gesichtsmuskulatur.

„Mein Sohn, das war der glücklichste Tag meines Lebens. Dieses Internet. Ich wusste unbewusst längst, dass die Zeit, den Stab an dich weiterzureichen, gekommen war. Ist schwer zuzugeben, dass ich zum alten Eisen gehöre, wird dir aber dereinst auch nicht anders gehen. Ist gar nicht mehr so lange hin, Sohn. "

Wieder lachen alle.

„Als du dann mit dieser Idee einer Musik-App ankamst, o Gott, o Gott."

„Ist dann aber gut gelaufen Papa, oder?"

Wieder Lachen.

„Ich kann nur sagen, gerade nochmal davongekommen! Dem Geschäft ging es miserabel damals. Ich war schon an dem Punkt Leute zu entlassen und das ist mir, weiß Gott, schwergefallen. Und dann hast du die Firma, und das sage ich nicht so dahin, nicht nur gerettet, sondern, und das sage ich jetzt mit großem Stolz, du hast sie zu neuen ungeahnten Höhen geführt."

Mein Vater ist sichtlich bewegt. Mutter nimmt seine Hand.

„Ohne Claudi und Kostas hätte ich das nie geschafft", sage ich.

„Wer hätte das damals gedacht auf dem Wacken Open Air, als wir in diesem kleinen Zelt diese Schnapsidee hatten, was diese App für ein Goldscheißer werden würde! Der Moment, der unser Leben echt verändert hat, wer konnte das wissen!", sagt Kostas.

„So, und ich dachte, dass die Tatsache, dass du mich da kennengelernt hast, alles andere zur Nebensache werden lässt", sagt Claudi.

„Entschuldige bitte. Aber du hingst ja wohl zuerst an Nikolai, dem gutaussehenden Agenturerben rum, wirst wohl langsam vergesslich", sagt Kostas und lacht sie an.

„Hei, na klar, es war damals gar nicht so einfach einen Job zu bekommen. Und ich war gerade fertig mit meiner Fortbildung und auf Arbeitssuche. Er hatte gerade die Agentur übernommen, man muss als junge Frau halt alles einsetzen und gucken, wo man bleibt", erklärt Claudi und wirft ihm ein Kusshändchen zu.

Alle lachen.

„Wisst ihr noch? Wie Nikolai mich in diesem Gestrüpp gefunden hat? Zum Glück! Als ich mich da total betrunken auf diesem Autobahnrastplatz hinein verlaufen habe und beim Pinkeln eingepennt bin?" Das Erinnerungsvermögen der Schwarzhaarigen beginnt ebenfalls anzulaufen. „Und dann hast du dich noch mit diesem schmierigen Typen angelegt, der mich dauernd angebaggert hat. Jurastudent war der, glaube ich. Nikolai, mein Held, ich habe mich sofort in dich verliebt, oh, du, mein großer Beschützer!", sagt die Schwarzhaarige und neckt und kitzelt mich ein bisschen.

Alle lachen.

„Was hat der Junge mich bequatscht, ich solle ihm seine eigene Abteilung mit Claudi und Kostas geben für diese App-Entwicklung", klagt Vater.

„Und die ganze Kohle erst, die ich dir dafür aus der Tasche gezogen habe, Papa!", sage ich.

Alle lachen.

Claudi wechselt das Bild.

„Das Ende und der Höhepunkt unserer Zeitreise: Du als Sieger des bundesweiten Start-Up-Wettbewerbs mit der Bundeskanzlerin. Und Kostas und Claudi natürlich auch, aber die haben heute ja nicht Geburtstag."

Alle applaudieren.

„Jetzt lasst uns aber den Kuchen anschneiden, sonst läuft der uns in der Hitze noch weg", warnt Mutter.

Die Hitze macht mir tatsächlich immer mehr zu schaffen. Ich schwitze massiv und habe trotz der Tablette noch leichte Kopfschmerzen, was ich mir aber nicht anmerken lasse. Der Kleine hat auch schon lange genug von dem langweiligen Bilderbogen aus dem Leben seines Vaters.

„Na, David? Hilfst du mir, das alles wieder wegzutragen?" fragt ihn Claudi.

„Ja!"

David greift sich ein paar der Plakate und schleppt sie in Richtung Poolhaus.

Eines rutscht heraus. Meine Mutter hebt es auf.

„Och, dieses schreckliche Kleid wieder. Und mein Vater, wie der kuckt."

Vater lacht.

„Oh ja, der Opa Ludwig, das war schon einer. Ein unangepasster Freigeist. Und immer diese Geschichten aus dem Krieg und aus der Gefangenschaft", sagt mein Vater.

„Mach dich nicht lustig. Du wärst auch komisch geworden, wenn du Jahre im Krieg unter einem Kommando und als Sträfling in einem Männerhaufen verbracht hättest."

130

„Irgendwie war er trotz allem ja doch auch sehr lieb und hat gerne auf Nikki aufgepasst. Weißt du noch, als wir aus dem Griechenlandurlaub zurückgekommen sind?", fragt Vater meine Mutter.

„Oh ja, da wolltest du nach der Einschulung von Nikolai einen romantischen Urlaub mit mir verbringen. Aber mit dem Hotel hatten wir ja solches Pech, es war unmöglich. Ich wollte nur noch nach Hause", sagt Mutter.

„Als wir einen Tag früher als geplant Zuhause ankommen, steht Nikolai an der Wohnzimmertür. Wir haben uns zuerst gewundert, wieso der Kleine da wohl wie festgewurzelt mit der Klinke in der Hand steht, er hat geguckt wie ein Auto, weil wir plötzlich hereinkamen. Und Opa Ludwig neben ihm, in einem deiner alten Kleider und einem Bademantel, weil er so fror darin!" Vater und Mutter lachen Tränen. Mir wird übel.

„Der hat immer so verrückte Sachen mit dir gespielt, Nikolai, aber du warst eben sein Augapfel, du durftest alles bei ihm, er hat fast alles mit sich machen lassen."

„Und was haben wir da gespielt und warum saß er da in Mutters Kleid?", frage ich sie.

„Du hattest Heimweh nach der Mama und wolltest unbedingt, dass er ihr Kleid anziehen soll zum Spielen, vielleicht, weil es so gut nach Mama roch", sagt Vater.

Und dann hatte Großvater Ludwig Verstecken mit mir gespielt. Ich musste an der Klinke stehen und sie so lange herunterdrücken, bis ich langsam bis Dreißig gezählt hatte, dann durfte ich Opa suchen.

Ich schwitze. Ich weiß, dass mein Großvater meine Eltern angelogen hat. Während ich auf Dreißig zählte, hat er mich missbraucht. Es war nicht die blonde Susi, die in meinem Traum vor mir kniete, es waren auch keine blonden Haare, die ich sah, es war auch nicht mein Vater, derjenige, der mich so angeekelt hat, es war mein grauhaariger Großvater Ludwig, der seine kranken Sex- und Machtfantasien an einem damals Siebenjährigen auslebte.

Ich muss hier weg. Sofort.

„Nikolai?"

Ich höre meine Gäste nach mir rufen, als ich aus dem Garten vor das Haus renne und in meinen Porsche einsteige. Im Rückspiegel sehe ich sie schnell verschwinden, während ich über die Freisprechanlage die Nummer meiner Therapeutin wähle.

„Herzlichen Glückwunsch zum Geburtstag, Nikolai!"
Ich überspringe sämtliche Höflichkeitsformen und spucke ihr die
ganze Geschichte dessen, was ich soeben zum ersten Mal aus dem
Mund meiner Eltern gehört und verstanden habe, vor die Füße.
„Also, was sagen Sie dazu?"
„Ich verstehe, Sie möchten wissen, ob ich so etwas geahnt hatte."
Ich nicke.

„Schon als Sie vor fünf Jahren zu mir in die erste Sitzung kamen,
war es offensichtlich."
„Ich kann gerade nicht mehr unterscheiden, was Traum und was
Wirklichkeit ist, Frau Doktor."
„Sie hatten sich an mich gewandt und um Hilfe gebeten. Niemand
sollte davon wissen, Ihrer Frau erzählten Sie, glaube ich, Sie seien
auf einer Geschäftsreise. Sie standen damals gerade unter großem
Druck, Sie wollten Ihrem Vater ein für alle Mal beweisen, dass Sie
es in der Firma schaffen und mit Ihren Ideen richtig liegen, und sich
selbst, dass Sie für Ihre kleine Familie Verantwortung tragen

können. Sie schliefen zu wenig und arbeiteten zu viel. Ihre psychi-
sche Stabilität litt zunehmend und deshalb versuchten wir gemein-
sam, Sie und Ihre Psyche zu stützen. Wir nahmen Sie stationär in der
Klinik auf. Das war nötig, denn in Ihrem Bewusstsein begann sich
etwas zu lösen.

Der berufliche Erfolg und der gesellschaftliche Aufstieg stellten sich
für einen Teil von Ihnen mehr und mehr als Überlebensstress
heraus. Dieser Teil begann sich zu wehren, Sie wollten gleichzeitig
aber auf keinen Fall die Kontrolle abgeben. Sie fühlten sich immer
ohnmächtiger und gefangen, es folgten mehrere Zusammenbrüche.
Sie schliefen schlecht und versuchten weiter Stärke zu zeigen,
während Ihnen Ihre Psyche die Zähne zeigte: Muskeln und
Löwenmähnen, die sich auf und hinter der Bühne abarbeiten und
schwitzen. Sexuelle Blutorgien. Das Thema Rock-Musik hat Sie
anscheinend nie losgelassen. Mit der Korruption und Kommerziali-
sierung des Musikgeschäftes kamen Sie schon als junger Mensch
nicht gut zurecht, als Sie noch voller romantischer Hoffnungen und
Leidenschaft für die Werte und Ideale des Rock'n'Roll waren. Und
jetzt begannen Sie die Bedrohung Ihrer Lebensenergie immer mehr
als ein Spiegelbild dieses Verrats an der Musik durch finstere
geldgierige Mächte zu erkennen: Als Selbstverrat aus Schwäche und
Eitelkeit. Das bereitete Ihnen diese Seelenqualen, die Zwänge,
Belastungen und Abhängigkeiten, in die Sie mehr und mehr geraten
waren. Sie fühlten sich, als hätten Sie sich für Anerkennung und
Erfolg verkauft. Und die Doppelbödigkeit der Fassaden und
Projektionsfiguren, hier wie dort, in der bürgerlichen Welt Ihrer
Eltern ebenso wie in der Ihrer Musiker-Helden, ließ Sie tatsächlich
das Gleichgewicht und den Boden unter den Füßen verlieren.
Fast das Schlimmste waren aber Ihr schlechtes Gewissen und die
Schuldgefühle dabei, überhaupt diesen Selbstbehauptungsdrang zu

haben. Wo Sie es doch allen recht machen möchten, Verantwortung
übernehmen, Erfolg haben und gegenüber dem Vater bestehen. Was
für ein Dilemma! Sie fürchteten, entweder Ihr Kind oder Ihre eigene
Unschuld, Lebendigkeit und Zukunft verraten oder sogar opfern zu
müssen. Und dann? Wäre es das wert? Wird mir mein Sohn
Vorwürfe machen, weil ich nie da war, sondern immer irgendwie bei
der Arbeit und mit dem finanziellen Erfolg meiner Projekte im Kopf,
nie den Kopf wirklich frei? Werde ich andererseits genug Erfolg
haben, um von Vater und Sohn Respekt zu erhalten? Ich werde bald
Fünfzig, habe ich nicht das Beste verpasst und schon hinter mir? "

„Aber was ist mit meinem Großvater Ludwig? Bilde ich mir den
Missbrauch nur ein? "
„Nun, wissen Sie noch, als Sie mir von Lou Zephyr erzählt haben? "
„Ja. Sie sagten, Sie kennen ihn! In unserer ersten Sitzung sagten Sie
mir, Sie hören an besonders anstrengenden Tagen auch Lou Zephyr
im Auto! "
„Das war in der ersten Phase unserer Treffen, als wir Sie hier
stationär zur Stabilisierung hatten. Ihnen vorzutäuschen, dass ich
Lou Zephyr kenne und höre und das 1976er Livealbum ein
Meilenstein sei, fiel mir leicht. "
„Warum? "
„Sie hatten ein T-Shirt an, auf dem stand 'Lou Zephyr, 1976 Live at
Coma'. Später kamen Sie mit selbstgemachten Black-Box-T-Shirts.
Und wir hatten Ihnen Malstifte in Ihr Zimmer gebracht, die Sie auch
reichlich genutzt haben. Sie haben die gesamten Wände Ihres
Zimmers bemalt. "
Die Therapeutin öffnet die Schublade Ihres Mid-Century-
Schreibtischmöbels und holt Fotos heraus.
Was ich sehe, lässt mich schwindelig werden. In riesigen schwarzen

Buchstaben sind Band-Logos auf die Wand geschmiert, vor allem von Lou Zephyr, Black Box, Nirvana und Moonchild, aber auch von einigen anderen. Vor allem ein Schriftzug macht mir zu schaffen, der in roter Farbe über die gesamte Längsseite der Zimmerwand über alles andere geschrieben worden ist:
Nicht mit mir, ihr Wichser!

„Leider haben Sie sich immer geweigert, Medikamente zu nehmen, Nikolai. Sie meinten, das würde Sie beruflich beeinträchtigen."
„Ich verstehe, Frau Doktor. Aber Opa Ludwig."
„Lou Zephyr ist Ihr Großvater Ludwig, Nikolai. Ihr Held aus der Kindheit, dem Ihr Unterbewusstes einen neuen Namen gegeben hat. Und leider muss ich Ihnen sagen: Was passiert ist, ist passiert, Nikolai, und wir wissen nicht, was Sie so verstört und verletzt hat. Fakt ist, dass Sie sich in Ihrer Kindheit einer Menge ungesunder Schwingungen ausgesetzt fühlten, die eine stabile Entfaltung schwer gemacht haben. Und wo viel Verdrängung ist, ist auch viel Idealisierung. Es hat Sie fast erstickt. Seit heute beginnen Sie zu verstehen und es am eigenen Leib zu spüren. Sie mussten einen langen Weg zurücklegen, um sich das alles einzugestehen und auch einige Helden aus der Kindheit vom Sockel zu stoßen und als das zu sehen, was sie auch sind oder sein können: alte Männer, die ein Kind, das man ihnen anvertraut hat und das ihnen vertraute, missbrauchen."

Wir verabschieden uns und vereinbaren den nächsten Termin.

Auf dem Weg nachhause halte ich an einem Park an und setze mich auf eine leere Bank. Irgendwie bin ich erleichtert, obwohl meine Augen immer noch brennen und mein Nacken schmerzt. Ich fühle, dass ich einen großen Schritt gemacht habe, indem ich diese

Geschichte endlich ans Tageslicht vordringen lassen konnte. In diesem Park bin ich als Kind bei Sonntagsausflügen zur großen Belustigung meines Vaters und Großvaters regelmäßig als Elvis-Presley-Imitator aufgetreten. Kinder, das weiß ich als Vater jetzt auch, sind so feinfühlig und gelehrig, sie merken genau, wenn sie etwas tun, was Erwachsenen gefällt und tröstet. Opa hatte mir immer so leidgetan. Also nahm ich meinen Strandtennisschläger mit, stellte mich im Park auf eine Tonne und spielte auf dem Schläger Luftgitarre. Ich sang Elvis-Songs und wackelte mit dem Po. Wenn Opa dann lachte, war ich glücklich. Vorbei. Vergangen.

Ich drehe den Kopf. Neben mir auf der Bank grüßt ein Rentner eine Mutterfliege, die gerade mit ihrem Kinderwagen an uns vorbeigeht. Dann neigt er seinen Kopf halb in meine Richtung.

„Gut gemacht, Kleiner, ich freue mich, dass es dir so gut geht. Und ich bleibe natürlich bei dir, mein Goldjunge", sagt Großvater Ludwig und schüttelt lachend den Kopf.

ENDE